JN105454

文芸社

目次

「山の上に住む人」

私は高い山の頂上近くに立っている。

周りは、さらに高く急な崖の、尖った岩山が連なっている。

ふと自分のいる山の上の方を見ると、頂上に木でできた山小屋のような家が、岩にぎゅっとくっつくように建っている。

私はそこを目指して登っていく。

近くまで行くと、その家には戸口のドアや窓のガラスがなく、風が吹き抜けているのがわかった。

屋根の上や向こう側に青い空が広がる。

出入り口に、背の高い細身の男の人が立っていて、こちらを見ている。戸口の横には『教科書こちらでも取り寄せできます』との張り紙。家の中は、体操服や赤白帽子、通学用のカバン、学生服、その他にも雨合羽、長靴などいろいろな生活雑貨が置いてある。空色のシャツを着たその人は、

「やあ」

と挨拶し微笑んでいる。穏やかな優しい目。少し茶色い琥珀のような色。私のことを知っているみたいだった。

『どこかで会ったのだったかしら』

私が傍まで行くと、その人は、

「僕の知り合いが近くにいるんだ。そこでノートや鉛筆、筆箱などいろいろ揃っているかどうか確認しないと。僕の所はカバンやバッグ、バレーシューズなどを注文してあるのだけどね。そうそう一年生用の黄色の帽子も一つ注文してあるのだった。いや、一つじゃなかった。後からもう一つ大人からも注文を受けたのだった。そちらの方に届いているかもしれないな。それも見に行かないと。知り合いというか実は僕の父親なんだけれどね。良き話し相手、友達、先輩みたいな感じなのさ。さてと、今から行くので一緒に行こう」

と言うのでついていくことになった。

自分たちがいる崖山の頂上の向こう側を少し下りると、左斜め前に大きな岩があった。そこを足を掛けながら登っていく。

乗り越えると、さらに険しい直角に近い急勾配の崖がある。岩の割れ目に手を掛けなが

らその人はどんどん登っていく。なんて上手に登るのだろう。私はというと自力で登ることができなくて、

『どうしよう、自分でなんとかしなければいけないのに、置いていかれてしまう』

と思いながらも何もできずに突っ立っていた。すると、

「ほら、これにつかまって」

と、長さ五十センチくらいの平たく滑らかな「木の板」をこちらに差し出してくれた。

『人を一人引き上げるのって大変じゃないかしら。つかまっても大丈夫かしら』

と迷っていると、

「いいからつかまりなさい。迷惑じゃないかとかあまり考えなくてもいいから」

うなずいて、私はそれにつかまった。するとすんなり登ることができた。その人がうんと引っぱってくれたのだろうか。そんなふうには見えなかったけれど。

「他人に差し出してもらったものでもなんでもつかみ取り、上がってきなさい。自分だけでやろうなんて思わなくていいからね」

「たくさんの手が入った方が、違ったタイプの力が出てね、だからより大きな多くのこと

ができるようになるんだよ」

　その人が言った。


『これは重要なことかもしれない』

　私は今まで他人に何も相談せずに行動してきた。けれど自分だけの力ではどうしようもなく、なかなかうまくいかないことがあり、そんな時は諦めてしまうのだ。そして小さくまとまってしまう。それはよくない。素直に『こうしたい』『こうしてほしい』と言うべき時には言った方がいいのかもしれない。

　重要なのは成し遂げること、あるいは進め続けること。そしてその向こう側の前方斜め上へ行くこと、なのだもの。


　着いた所はさっきよりも高く尖った崖山の頂上で、そこにも山小屋がぎゅっと岩にくっつくようにして建てられていた。先ほどの家よりも少し低く、そして横に広かった。

「ほら、こちらへ来てごらん。ここから見た景色を。頂上だ」

　空色の服の人は言った。私は最後の石の段を登り、そこへ行く。

どこまでも連なる山々に青い空、果てしなく続く世界。

それはなんて美しいことか。

この家も戸はなくて窓は木枠だけ。出入り口や枠だけの窓から風が吹き抜けていき、向こう側の青い空が見える。

戸口には『教科書まだ余分あります。なくした方はどうぞ。破れなども交換できます。足りない物はございませんか。工作用のハサミ、カッター、新しい物が入りました』と張り紙。家の中にはいろいろな物が置かれていて、天井からもたくさん雑貨品が吊り下げられている。農作業用品や動きやすそうな服も置いてある。

「あれ？　いないいな、出掛けているのかな」

戸口にベル型のリンが下げてあり、張り紙がしてある。

「御用の方はこれで呼んでください。裏の畑にいます」

手に取って鳴らすと、家の人は裏の方から来た。茶色とグリーンの入り混ざった大地のような色のシャツを着ている。

見ると家の後ろのちょっとしたスペースに小さな畑があり、それが下の方までずっと棚田になって続いている。その一つ一つに青い空が映っていていてとても綺麗だ。

「空色の服の人」と雰囲気が似ていて同じような背格好だ。この人が父親なのだろう。『もしかして仙人かしら。誰もいないこんな崖山の頂上に住んでいるのだもの。普通の人間に見えるけれど、違うよね、きっと』

そんな雰囲気がある、そういう考えが浮かんだ。その「大地の色の服の人」は私に、

「よく来たね」

と言い、ハグしてきた。

森の奥のような森林の香りがした。大きな大人が久しぶりに会う小さな子どもにするみたいな懐かしい感じだった。

けれど私は『知らない人なのに』と、どうしてよいのかわからずそのまま突っ立っていることしかできなかった。すると、ここへ連れてきてくれた「空色の服の人」が、

「ハグを返して」

と言う。もう一度「大地の色の服の人」がハグする。

森の中にいるような香りがする。「空色の服の人」がまた、

「ほら、ハグを返して」

と言う。そう言われても、私は『ハグをしたことがないのに』と、なんとなくその気持

ちが起きなくて、むすっとして立っていた。すると今度は、

「お返しをするのだよ。相手が微笑みかけてくれたらこちらも笑顔でね。思いやり合う、当たり前のことだけれど、それはとても大切な事なんだ」

と言う。

『そんなこと言ったたって』

私がそれでも何もしないで立っていると、二人は仕方がないなあ、というふうに笑った。

大地の色の人は空色の人に言う。

「君が注文していた黄色の帽子、一つ最初の注文の方はこちらに来ているよ」

「ああ、やはりそうか。ありがとう。前に注文した子がね、『もう一つ欲しい、友達にもプレゼントしたい』と言っていたんだ。布を足して少し厚地にして友達の頭を保護してあげたいらしいんだ。これで渡せる。喜ぶよ」

よかった、と二人。

「もう一つの方はまた次の便で来るね」

私は「あ、そうだ」とここへ来た理由を思い出し、リュックから二つに折った縦三十センチ横二十五センチ弱くらいの簡単な地図を取り出した。そして、行きたい場所を言って

二人に見てもらった。本当は目的の日にちまでにはまだ何日もあるのだけれど、いろいろ見ておきたいと思い、早めに家を出てきたのだった。

けれど、深い山の中で方角がわからなくなってしまった。誰かに聞こうにも人がいない。ふと上の方を見ると崖にぎゅっとくっついたように建てられている家があったので、なんだろう、変わった形の家だな、近くで見てみたいという気持ちもあり、そこで中の人に聞いてみようと登ってきたのだった。

地図を受け取ると空色の人は、

「ふもとの案内でもらったの？　この地図。ああ、まだ広がっていないんだね」

広がる？　なんだろうと思っていると、彼は微笑んで、

「うん、そのうちにわかるよ。えーっとそうだね、今あちらの方から来たんだよね。それでここへ行きたいと思っている。方角は間違っていないよ」

地図の真ん中の少し下辺りを指さして、

「このね、そこの道になるのだけれど、ここを真っすぐ進んでいくといいよ。でもこちらからでもいいし、この裏からでも、まあどこからでも行けるんだ。横道もあるし、奥へも広がっていてね。地図にはおおよそのことが載っているだけなのさ。本当はもっといろい

ろあって面白いのだよ。でもね、迷ったり寄り道したりしてもちゃんと着けるようになっている。自分に良いように道はひらける。そういうものなのさ。そうしていくうちにだんだんと地図も広がっていく。自分で歩いて理解しながら進んでいくのが一番いいんだ」

彼はそう言うと、青い空のような微笑みとともに地図を折りたたんで返してくれた。お礼を言い地図を受け取り、リュックにしまった。

登る時は急な崖を板で引き上げてもらったけれど、下りは、家の後ろ側の棚田に沿うように横に人の歩く細い道があり、そんなに苦労なく下ることができそうだ。

ふと振り向くと、二人は優しい眼差しでこちらを見て立っている。

なんだか『変わった感じ』がする。初めてのはずなのにこんなふうに温かくこちらを見てくれるなんて。それに、こんな山の頂上に風変わりな家を建てて住んでいる（?）、周りの景色と同じくらい自然にそこに立っている素敵な二人の人たち。窓も戸もなく青空が見える風の吹き抜ける家。

偶然（?）出会って、関わることができた。

この感じはなんだろう。

なんともいえないこの気持ちは。

たぶん『ムスッとした顔』でいたのだろう、そんな私に、仙人のような大地の人は言う。

「自由に行けばいいんだ。思うままにね」

その情景を思い浮かべた。
風の吹くままに
川が流れるように
自由に自然に
さりげなく
それはなんと気持ちのいいことだろう。
私は、ずっとそうしてみたかったのだ。

私はうなずき、
そして自分の進む方向に向きを変え、
歩き始めた。

「キャベツのドレス、クモのレース」

棚田の横の道も終わりしばらく行くと何かひんやりとした柔らかい物を踏んだので、見るとグリーンの葉だった。足元から向こうの畑の方までずっと続いている。隙間なく敷き詰められている感じだ。葉のじゅうたんみたい。

手前はまだできかけの葉っぱ、行くほどにだんだん大きな玉になっている。

「キャベツだ」

それがずっと向こうの上の方へ行く道まで続いている。

ひときわ大きなキャベツのある一角があり、そこに葉の手入れをしている女の人がいる。

中には直径一メートルくらいのものもある。

その人は特にギャザーフリルの美しい物の前で、

「うん、これがいいわね」

腰に手をあてそう言うと、長いパン切り包丁のような物で下の方を切った。

サクッ、サクッ、サクッ。

そして、「よいしょ」とひっくり返すと真ん中にザクッと突き刺してザクザク丸く切っていき、「うんっ」と芯の部分を引き抜く。スルスルと結構太い円柱の形が出てきた。

「できたわ。これでよし、っと。芯はスープに入れましょ、甘くなっておいしいもの」

満足げにキャベツのフリルを見ている。

「あの」

声を掛ける。

「どうされるのですか、こんな大きなキャベツ」

するとその人は、

「あら、これ？　決まっているじゃない、ドレスよ。もうじき催し物があるの。本当に久しぶりに新しく来られる方がいて、皆、うれしくってね、その方のためにここの山の住人全員で歓迎会を開くの。それが終わると夜には『月の部』を催すのよ。とっても美しいの。山の上で見る月の光のもとのパーティーはすてきよ。きっと楽しいわ。お迎えの行事なの。新しい先生に来ていただくことになっているのだけれど、まだ今はいろいろ見ていられるところなのだとか。ぜひともここを選んでいただかなければ。素敵な所なんだもの。けれど大抵は来ることをやめてしまうわよね。山の上の上だもの。登って下って登って下って登って……ちょっと大変よね。でもね、一度知ったらきっと、ずっといたくなる、そうに決まっている。本当に良い所なんだから」

と、一気に話し始めた。

「ほら、美しいでしょう。娘の子が着るのよ、『月の夜の部』に大切なご挨拶の役目をおせつかっているの。もう一人の仲の良い子と一緒にね。丹精込めて大切に育てたのよ。美しい曲を流し、毎日話し掛けて環境を良くしたの。そうすると木や花は美しく成長するのよ。人と同じね、落ち着いた良い環境だとゆったり育つもの。こちらの葉は柔らかくグリーンのグラデーションが美しく出ているわね、これがいいわ。うーちゃん……娘の子の名前よ。あの子の少しグリーンがかっている瞳の色にぴったりよ。もう一人の子はお母さんと一緒に見に来ると言っていたわ。あの子の目は光の加減でワイン色に見えるから、あちらの紅キャベツなんてどうかしら。葉先の方が紅の濃淡になっていて美しいもの。あの子の好きそうな色だわ。あら」

彼女は、いったん話すのをやめて私の瞳を見た。

「あなたは藍色がかっているのね。いえ光の具合かしら、黒曜石？　のようにも思える。夜の空みたいね。以前そんな目をしていた人を私、知っているわ」

あ、そうそう、持ってみる？　と言うので持たせてもらった。持ち上げて下ろす時に、ふわんとフリルがふくらみ、揺れて綺麗だった。その葉の感じは、薄く柔らかい和紙のように軽く、触れるとひんやりとして心地よかった。思っていたよりも、

「軽くて柔らかい」

そうでしょう、とその人。

「こちらは優雅なクラシックをずっと流していたのよ。私の作るのは最高に品質が良いの。遠くからも買いに来るのよ」

顔を上げ、胸を張ると誇らしげに言った。

その時、光の向きが少し変わり、彼女の目を照らした。瞳の奥がグリーンストーンのようだった。

「さてと次はこれに合うショールのためのレース地を見に行かなければ。妹が作っているのよ。その後、ブラウスを作るための薄い和紙の生地の方へも行かないと」

一緒に来る？　と言うのでついていった。

のどかなグリーンの段々畑を下って向こうの上りへ行くと、高さ一メートル半くらいの細い木が何本も植わっていて、その一本ごとにふわりと風に揺れる美しい羽衣のような物

がかかっている。

近づいていくとそれは、

「クモのレース」


木の枝の間に美しいレースの巣がかかっているのだった。

足元では草がさらさらと流れ、その音はまるで草の弦でできたハープが奏でているかのようだった。

うっとりとその音を聞きながら、巣の真ん中でレースをケープのように身にまとい、自分自身もレース模様のクモが、せっせと連続模様を編んでいる。

「綺麗でしょう」

少し離れたところにいた女の人が声を掛けてきた。キャベツ畑の人とお顔が似ている。

『この方が妹さん？』

「ここのクモたちはね、葉の繊維を食べるの。その繊維や葉脈が美しいほど、良いレースができるのよ。食べる繊維に花を混ぜると糸が花の色になるの」

私が感心して見ていると、クモは、レースを編む手を止めてつとこちらを向き、

『あら、何を見ているの。私は忙しいのよ。こちらを美しい物に仕上げたいの。今まで誰も見たことがないような花や虹の編み柄にするのよ。あちらへ行っていてちょうだい。それに今、風の向きが変わってそちらの方から流れてくる「グリーン草のハープ」の音がとてもよく聞こえるの。美しい音色よ。私は静かに聞きながら編みたいの』

そう思っているみたいだった。そうしてつんと向こうを向いて、手に持った細い木枝の編み棒でまたせっせせっせせっせと編みだした。

木にかかっているレースはどれも少しずつ違っていて、濃いグリーンの物や白い薔薇の花模様の物、思わず寄っていって、もいで食べたくなるようなフルーツの香りの物、風に揺れるとこちらまで森林の香りが流れてくる物などなど。

「あら、ここにいたの。家に行ったらいないものだから。あなたもこちらに来ていたのね。どう綺麗でしょう。私の妹はこういうのが上手なの。あら、いいわね、この葉の中に菫の花模様の」

「ああ、さすがお姉さん、そうなの、このレース、素敵なのよ。あの子の襟元にぴったりだと思うわ。お姉さんのドレスに私のレース。きっと素敵な装いになる。喜ぶわよ。お友達の子にはこちらの少し紅い色が入っているのが似合いそうね。瞳の色とお揃い。それにあの子トマトが好きだもの。同じ紅い色よ。ある程度整えたらブラウスを作るための和紙の生地を見に行かないと。美しい繊維の和紙の花ができたと言っていたわ。透かしのレースがアラベスクになっているそうよ。後で見に行きましょう」

うなずいて二人は満足げに話している。

二人の会話はドレスを最高に素敵なものにしようとだんだん熱が入っていった。私は静かにそこを離れた。

「広がる地図」

少し行った所で、もう一度地図を見てみようと思い、リュックの中から取り出した。

すると、

「あ！」

二度折っただけの小さな地図だったはず。でもまださらに向こう側に折り目がついていて広げることができ、地図の紙が大きくなっている。横にも、斜めにも。先ほどは書いていなかったように思うのだけれど、途中で注釈が書いてあったりして、なんだか道筋も増えている。そして、今いる場所にも何か書いてある。

「えーと、『キャベツ作りの人とレースの畑の姉妹……の道をそのまま真っすぐに進む。次は、雲を作る人、話してみればわかる。こんなふうにするとできるものがあるということを。そしてやがて思い出す、〝進む〟ということを。目指す所はそこを通り、さらに雑多の中を行き、くぐり抜け、あるいは少し立ち止まり、関わっていく。いくつもの彼らの世界を抜けて先へ、そのままずっとずっと……永遠に続くかと思えるくらい長い道のりにも、ところどころに目に留まる立ち寄り場所があるのでまずそこへ。休憩もよし、落ち着いて泊まるもいい。そしてまたその先へ進む』。なんだろうこれは」

よくわからない、けれど、歩いている方向は正しいのかな、ということはわかった感じだ。

地図はさらに向こう側へ広げられるようになっていて、紙の端にいくほど絵や文字は薄くにじんだようになっている。どのようにも変化することができ、どんどん大きくなっていくようだ。

「面白いの」

私は、パタパタパタパタと折りたたんでリュックにしまった。

「雲を作る人たち」

しばらく行くと、前方に黄色のレンガの壁、同じ色の屋根、丸窓にアーチ型のドアの家が見えてきた。家の前に何かの器具を組み立てている女の人がいる。

近づいていくと、その人は木の台の上に銀の小型タライを載せて、その周りを透明のシートで覆っている。その横に麻の袋が、ドサッ、ドサッ、と二つ置いてある。

袋の口を開け、中から粒状の物を少し取り出してパラパラと銀のタライに入れた。

「これでいいわ」

女の人はそう言うと、家の方から引っぱってきてある延長コードのタップにプラグを差し込み、スイッチを押して作動させた。

ヴィーン。

「大丈夫みたいね」

流れてくるのは甘いにおい。

「綿あめ！」大好きな。

私の声に女の人はこちらを見て、

「そうよ」

と、にっこりした。そして、その人は家の方に振り向き、

「いいわよー」

と声を掛ける。すると窓から見ていた小さな男の子二人が、

「はぁい」

うれしそうに返事をした。兄弟のようだ。弟の方は手に何か枝のような物を持っていたのだけれど、それを窓辺にそっと置くと、二人、ドアを開けて駆けてきた。

くるくる黒目のはっきりした頭の回転の速そうな五歳半くらいの兄と、何かをしたくて仕方がないといつも考えているような瞳の二歳半くらいの弟。

「さあ、用意はいい？」

「はい！　いいでーす」と二人。

女の人はエプロンのポケットから長い箸を出して二人に渡すと。袋の中からピンクの結晶、ザラメをカップですくい銀のタライの中に入れる。そして、

「そうそうこれも入れておかないとね」

もう一つの袋を開けた。

それはなんだろうと思っていると、

「たんぽぽ綿毛や、アルソミトラのフライングシード、他にもたくさん空飛ぶ種子を入れたのよ。うまく浮かびそうなものばかり集めたわ」

と言いながら、女の人はモヘアのような綿毛やセミの薄羽のような軽く薄い種子をザラメの中へ入れた。そしてふっと辺りを見て、「今日は風の具合も良さそうね」

と言うと、スイッチを押した。

ヴィーン。

すぐに甘い香りがして、綿あめが銀のタライの内側に雲のように薄く貼りつくようにできてきた。それを子どもたちはタライに沿って丸くからめ取っていく。なかなか全部は上手に取ることができない。次から次へふわりと浮かんでくる。取りきれなかったものはそのまま上へと昇っていく。『ああ、行ってしまう』

と思っていると、

「そうね、もう少し大きく巻き取るのよ。こうやってね」

と言いながら、女の人は、タライの縁に沿って大きく取った。作業はゆったり見えるのだけれど、雲は全部からめ取れている。わからないところで早く回しているのかもしれない。

「そうしてこう」

箸から柔らかく外すと、少し形を整えて、手のひらの上に乗せる。風が吹いてきた時に、ふぅっと上へ上げるようにすると、白い綿のようなそれは、ふわりと風に乗るように上がっていった。

男の子たちはにこにこと見ている。

「おばあさんは雲作りの名人だねぇ」

上の子が言う。

小さな二人の子どもたちは、あまり丸くないそれぞれの綿あめをふわりと風に乗せてうれしそうに見ている。

そしてまた銀のタライにザラメと綿毛を入れ、回し、作る。

いくつも浮かび上がっていく。

先ほどまで雲一つない青空だったのに綿雲ができてきた、そのおかげで少し涼しくなってきた気がする。

「メロン味のがいいな。僕あれ好き！」

上の子が言うと、

「そうね、もう少し作れたらね。お母さんも言っていたでしょう、『皆が涼しくなるように催し物の日までにたくさん作っておいてね』って。その後でザラメだけの甘いのを作りましょうね。ああそうそう、今日まなびやへは行かなくていいの？」

「うん、今日はお家でおばあさんの雲作りのお手伝いをするからお休みします、って言ってきたの」

「そうなのね」

二人はうなずいて、また綿の雲を作る。

集めて柔らかく丸くすると、ふわふわの綿のようになって上へ昇っていく。

それを見て喜んでいる。

こんなふうに雲は綿からできるんだね。

いくつもいくつも作りながら見上げて喜んでいる三人、少し離れて私。

にこにこと雲を見上げている三人を見ながら、そこを後にした。

「みのむしもへじ」

トキトキと尖り、険しく切り立った崖の山が連なっているのだけれど、歩いていくと、崖山のあいだには繋がっている箇所があって、独立した山というだけではない所もある。隣の山に行くのに渡れる道があり、そこにはツルで編んだ橋が架かっている。

誰もいないかと思うとそうでもなくて、よく見ると時々人が出ていて、上の方から続く段々畑の手入れをしたり、道の草を刈り山菜を採るなどの作業をしている人があちらこちらにいるのがわかる。

「ここ渡ってみようかな、どこへ着くのだろう、先は何があるのかな」

心で思ったはずなのに声に出ていたのかもしれない、すぐに答えが返ってきた。

「それは君が行ってみればわかるのではないかな」

きょろきょろと辺りを見回したけれど誰もどこにもいない。

もう一度言ってみる。

「さて、何をどうしたらよいものか」

すると、

「それは君が何をしたいかだな」

見つけた！

吊り橋の、渡る最初の持ち手の所だ。黄色の花のツルの巻き付いた所にみのむしがぶらさがっている。色とりどりの綺麗な色紙や葉で作られた袋の中から、顔だけチョンと出している。

「答えは自分で見つけなければということかな」

私が言うと、

「まあ、そんなところかな」

「ここから先はどのようになっているのか教えてくれるとうれしいかな」

「それは君が行けば自分でわかるのではないかな」

それもそうだと思いながら、もう少し話してみたくて、

「さて踏み出してみようか」

「それはとてもいいんじゃないかな」

みのむしは向こうを向いたまま、目を閉じて独り言のように話している。まるで、

「僕は君のことなんて知らないよ。考え事しているだけなんだからね」

とでも言っているみたいだ。


「みのむしは蛾の幼虫。箱に入れ、色紙を切って一緒に入れておくと綺麗な紙の巣を作る」と言う先生の説明が面白くて、家に帰ってすぐ試してみたことがある。裏の庭に吊り下がっていたみのむしの巣を一つ取ると、部屋に持ってきて、巣からみのむしを取り出す。その時、刃物で切っていて何度も失敗してしまった。みのむしには悪いことをした。でもどうしても試してみたくて、何匹目かにようやく取り出すことに成功し、一匹を箱に入れ色紙を細かく切って一緒に入れた。けれどそのまま忘れてしまい放っておいた。数日して思い出したので取り出してみると、

「あ！」

みのむしは、急いで作ったのか、いい加減な、でも色とりどりの綺麗な袋を作ってその中に入っていた。少しちょこんと顔が出ていたので見ると、それはまるで小さな時に描いた落書きの「へのへのもへじ」のようなきょとんとした顔だった。

『面白いの！』

私は満足してまたそのまま箱を閉じて忘れてしまった。

『あの時のみのむし、どうしたのかしら。忘れてしまってごめんなさい』という気持ち。もしかしてあの時の子もこんなみのむしだったのかもしれない。そう思っていると、

みのむしは片目を開けてこちらをちらりと見て、

「むやみに剥がすのはやめてくれないかな」と言った。

「ごめんなさい」と謝った。

『でもすごく試してみたかったんだもの』

心で思った。

「もへじ」

と急に言うので、「え?」と私が聞き返すと、

「名前……なんだな」

やはり、『へのへのもへじ』だ。

「ただの『もへじ』だからね。『へのへの』という名字はいらないよ」

あ、聞こえたの。

「私、ゆきこっていう名前なの」

片目を開けてちらっとこちらを見て「ふむ」と、また目を閉じる。

涼しい風が吹いてきて、みのむしのもへじさんはそちらを向く。顔を少し上げじっとしている。

気持ちよさそうに、私には聞こえない風の歌を聴いているみたいだった。

「めりさんの畑」

　ツタのからまった橋を渡っていくと、橋の向こうの方に女の人が立っていてこちらを見ている。丸いお顔で髪を後ろにまとめてくるりとお団子にしている。柔らかな生地の黄色の花模様の服に白いエプロン、全体に羊のような印象だ。

「ああ、来たわ。待っていたのよ。ここから来ると思って。大抵みんなそうだもの。急いでやらなければならないことがたくさんあるの」

　そう言うと私の顔を見て、「あ！」という表情をした。でもすぐに首を振りながら、

「そうなのかしら、まさか、いえ、でもまだよくわからないわ」

と、ぶつぶつ言いながら首を横に振り、くるりと向きを変え、先へと歩を進める。

　私も早歩きでついていく。しばらく行くと、山の中腹のひらけた所に、白い柵があり、『めりの畑』と札が掛けてある。手前は小さな畑に見えたのだけれど、近くへ行き見ると奥の方へと繋がっていて、意外に広くなっている。畑の横に緑の瓦屋根のこぢんまりとした木の家が建っている。まるい天窓でドアはアーチ型だ。家の前辺り両側に黄色い薔薇の

木が何本か植えてある。

「まずは……と、荷物はいったん台所の台の上に置いてね。そうしたらあなたはジャガイモをお願いね。採ったら台所で洗ってもらえるかしら。他の野菜やお豆も入れて具だくさんのスープを作るのよ。催し当日までにちゃんとできるか確かめておかなければ。火の具合も見ておきたいし。とっても良い野菜なのよ、きっとおいしいのができるわ」

「あの……」

「あら、なあに？　お手伝いの方でしょう。私が頼んでおいたヘルプの人。今日この時間に着くって言っていたもの」

「いいえ、私は用があってこちらの方へ。でも早めに出てきましたし、少しでしたらお手伝いできます」

「あらそうなの？　観光の方かしら。それともどこかの家の親戚の方？　もしよかったら少し夕食の支度とか他にもいろいろ手伝ってもらえないかしら。自分の家のことだけではなく、お迎えの準備をしなければいけないもの。それで、お礼と言ってはなんだけれど、今晩泊めてあげる。一番綺麗な『星の見える屋根』の部屋で。とっても素敵なのよ。いつも大切なお客さんの時に泊まっていただくの。どうかしら」

あ、面白そう。

「はい、やります」

「よかった」「ああ、そうそう、畑のグリーンの豆が育っているから、そちらの方も採ってきてね。けれど真ん中の大きめのは、そっとそのままにしておいてあげてね」

「そっとしておく？」

そうよ、と、めりさんは微笑みながら忙しそうに出ていった。

変なことを言う人だな、と思いながら荷物を台の上に置き、私も彼女の後に付く。

畑は柵の外から見た時よりもさらにずっと広かった。手前に豆の木があって、たくさんの空豆のような形の豆がなっているのだけれど、その真ん中に周りよりもひと際大きな豆の殻が一つなっているのに気が付いた。近づいてみると中からひそひそ話し声がする。

「くすっ」

「それでねえ、ボクふわふわのがいいなあ、お布団。だってね、ここの中、白いふわふわほんの少しだけなんだもの。ほとんど空っぽっぽ」

「何言ってるの。だから空豆なんじゃない。『空（から）の豆』」

「あーっ、そうかー、ボク空豆」

「んー、ちょっとー、もう少し静かにしてよねー、ボクまだ眠いんだから」

なんだろう、と少し開いているサヤの上の方から見てみると、

「ん？　あれーっ、誰か見てる。見てはだめー」

「見ちゃだめだよ」

「ほーんと、失礼しちゃう。せっかくお話ししているのにねぇ」

ぶつぶつ言う少し長丸い可愛らしい三つの空豆たち。

「あ、ごめんなさい」

少し離れたところから、

「あ！　その子たち、お話ししている子たちはそっとしておいてあげてね。まず普通のジャガイモの方を採ってちょうだい」

めりさんが言う。

「普通のジャガイモ……」

辺りを見て、少し頭を出しているジャガイモの土をよけて採ろうとすると、

「うーん、誰ー？　せっかく眠っていたのに。やめてよね」

「あ、ごめんなさい」

違った、この子にも顔がある、しかもとても可愛らしい。そのままそっと土をかけていくと、むにゃむにゃとまた眠ってしまった。

「静かにね。心落ち着けて、声なき事象を感じとるのよ。声の子たちはそのままにね」

めりさんは静かに土をよけて一つ採った。それは普通のにんじんだった。そしてまた一つ採る。普通のたまねぎだ。そして普通のラディッシュ、だいこん、ショウガなどなど。そんなふうにして一つずつ彼女はちゃんと普通の野菜を採っていくのだった。私も心を落ち着けてやってみた。

こちらかな？　と、少し頭の出ている近くの動かない芋を指先でちょんちょんとつつく。反応がないので土をよけると、それは普通のジャガイモだった。よかった、とほっとして、いくつかそんなふうにして採っていくことができた。時々、

「あーっ！　なにー、土のお布団取らないでよね」

と言う子がいるのでそんな時にはまた、ごめんね、と土をかけた。
四、五、……七つほど収穫し籠に入れ、台所へ持っていく。
床は四角い石を敷き詰めてある。奥の壁際にある暖炉には鍋が掛けられるようになっている。右手の壁面にいくつもの調理器具が掛けてある。部屋の真ん中に木でできたまるい

テーブルがある。

まず、水場でジャガイモを洗い、タオルを敷いて籠ごと上に置く。

そこへめりさんが来て、

「まあ、ありがとう。声なき声を聴くって大切なことなの。でもね、静かに素直な気持ちで接すると自然にそうできるのね。ちょっとにんじんの汚れがなかなか落ちなくて。これはここで洗うよりも裏の川の方が良さそうね。あなた、洗ってきてくれる？　まだ他にもいろいろやらないと。あー、忙しいったら」

そう言って、ドサッと箱ごとのにんじんを戸の近くに置いた。

素直に自然にって大切なことだ。

「そうそう、それからこれをかぶっていくといいわ。外、日差しが結構強くなってきたものの」

テーブルの上に置いてあるつばの付いた黄色の帽子をくれた。

そして、また畑の方へ行った。

「裏の川……」

後ろの開いている窓から外を見ると、向こうの方に川が流れていた。

あそこだな、と思い帽子をかぶり、洗った後に入れる網の籠を野菜の上に載せ、にんじん箱を抱えて裏手へ向かう。

「わたあめあらいぐま」

白い花や黄色の花、赤、青……、色とりどりの花が咲いている所を行くと、その先に川が流れていて、川辺に男の子が二人いる。先ほどの子どもたちだ。何かの動物と一緒に作業をしている。

近づいてみるとアライグマだった。普通のより少し毛色が黄色がかっていてぼそぼそしている、手が白い。

そのアライグマは、大きなタライの中に入れてあるふわふわした白い物を懸命に洗っている。それはみるみるうちに溶けてなくなってしまい、アライグマは「あれ？　どうしたのかな」とでも言うみたいに自分の小さな手を見て、どこへ行ったのだろうと辺りをきょろきょろ見回し、きょとんとしている。

だってそれもそのはず、洗うと溶けてしまう、それは綿あめなのだもの。

山盛りになって置いてある綿あめ。

子どもたちはアライグマの仕草を見ながら、

「この子なくなってしまうのに洗うんだもの」

「ほら、洗わないで食べてごらんよ」

そう言って綿あめを少しちぎり、アライグマの口に持っていく。アライグマはそれをパッと取ってまた、ごしごしごし。

消えてしまう、あれ？　きょとん。

「もぉー」

と言いながらくすくすくす笑っている上の子。

その後ろ斜め横で綿あめの最後の部分を、下の子がもぐもぐと食べている。口の周りはあめだらけ。

「あーっ、せっかくこの子に持ってきてあげたのに。食べちゃだめじゃない。でも、うーん、おいしそうだね、じゃ、僕も」

と言いながらひょいぱくっ。

くすっ、面白いの。

私は持ってきたにんじんを彼らの川下へ運んだ。

「ちょっと洗わせてね」

「うん、いいよ」

一本一本洗っていると、ふと、アライグマがこちらを見ているのに気が付いた。

『あ、にんじんだ。あれボク好きだ。あのオレンジ色の、あれは洗ってもなくならないことボク知ってる。なくなってしまうこのふわふわのはちょっとこちらに置いておいてあちらを先に食べよう』

と思ったみたいで、こちらへ来た。ちょこんと座り、私を見上げている。

あ、なんか可愛い。

小さな手に一本渡してみた、目がうれしそう、受け取ってすぐに川の水でくるくると洗う。なくならない。ホッとした顔。もう一本あげた。洗い終わったにんじんを柔らかな草の上に置いて、私の差し出したもう一本を受け取ると、また、くるくるくると洗った。なくならない。もう一本、と全部で三本あげた。小さな手で持てるのは三本くらいまでかなと思ったものだから。洗い終わってぴかぴかのにんじん、それを見つめるうれしそうな顔。

「よかったね」

と二人の子どもたち。アライグマは三本のにんじんを両手でかかえるように持って、立ったまま向こうの草むらの方へ、とっとっとっ、と走っていった。巣にいる子たちにあげるのかもしれない。

見ていた男の子たちは、なあんだ面白かったのにな、と少しがっかりしているみたいだった。綿あめはあと三つほど残っている。

「お一つどうぞ」

と上の子が言い、こちらにくれた、

「これ、先ほどの雲作りの時の、結晶ザラメだけにした物だよね。メロン味の」

と私。うん、と言う上の子。

甘い綿あめ、三人で一個ずつ食べる。食べながら上の子が、

「おいしいね。あれ、その帽子、僕の知っている子が欲しがっていたのに似ている。『まなびや』で一緒の一つ下の子。僕来年から小学校なのだけど、その子は年下だからもう一年後になるの。『早く行きたい、自分は帽子だけでも用意したいからお母さんと一緒に行って注文してきた』って言ってた。でもその帽子は大きいね。大人用の一年生帽子なの？　その学校ね、とっても綺麗なんだよ。山の一番上にあるの。校舎が新しいものだから真っ白く光っているの。学校の周りは全部青色、後ろの山も空も」

それはどんなかな。私は青い空の中、まるで雲の上にあるみたいな学校を想像した。

ふと下の子が私の指を見ているので、何かなと思い自分の手を見ると、先ほどの畑仕事の時に切ったのか、指から血が出ているのに気が付いた。どうも痛いと思った。

「切ったの？」

と上の子。

「うん。畑のお手伝いした時に切ったみたい」

上の子は後ろの雑木林の方を見て、「あそこの道を上がってずっと行くと、薬草の生えている所があって、その奥にお薬作っている所があってとってもよく効くの。山の木こりが住んでいるみたいな家で、みんな木でできているんだよ。行くとすぐわかるよ」

と教えてくれた。

「『おじじ』」

下の子がこちらを見つめてそう言った。

「僕たちねー、そう呼んでいるの、『薬師のおじじ』って。なんだかあやしいんだもの。大きな窯に長い棒で、練って練って作るの。すごくよく効くの。ほんとは魔法使いなんだよって、僕たちいつも言っているの」

上の子がにこにこ説明してくれる。

「ビスケット」また、下の子が言う。

「僕たちねー、たまに遊びに行くの。トントンってたたくと『なんじゃ』って。だから『僕たちです』って言うと入れてくれるの。そうして綺麗な薬草のくっついたビスケットといい匂いのするお茶を出してくれるの」

と上の子。

「ビスケット好き」

と下の子。

「だからね、お礼に看板の所に名前を足しておいてあげたの」

いたずらっぽく微笑む上の子。

『魔法使いって大抵はおばあさんなのに、おじじってなんか変。なんか面白い』

と、私もくすっと笑った。

川で手を洗い、じゃあねと二人は帰っていった。私も洗ったにんじんを持って家へ戻った。


「さてと」

「わたあめあらいぐま」

めりさんは、腰に手をあてて、洗った野菜や裏で採れたフルーツ、りんごや柑橘類、紫のベリー系の実、などを見た。

「今日はこのままでいいわ。夜は野菜と豆で何か作る。お芋を焼いて、魚の干したのもあるし、後の処理は明日にしましょう」

私も夕食の支度を手伝った。

りんごは、あまり甘すぎないコンポートにした。

「ああそうそう、手をケガしたのね。さっき言おうと思ってたの。私も時々やるのよ。薬を探したけれど、この間私が切った時に使ってしまったみたいで、もうなかったの。あの裏の雑木林を行くといい薬師がいるから行ってくるといいわ。よく効くのよ、あのおじじのお薬」

「おじじ」

「あら、あの子たちがいつもそう呼ぶものだからうつってしまったわ。子どもって面白いわね。あ、そうそう、採れたてのにんじんと他の野菜、くだものもいくつか持っていくといいわ。おじじはね、物々交換なのよ。この辺りの人たちは皆大抵そう。お金はあまり必要ないわね。品物の方がいいのよ。丹精込めて大切に育てて作った食べ物はおいしいし、葉の繊維から作った服やそれ以外の物もこの土地の物は安全だもの。それに楽しいのよ。ぶつぶつと話しながら交換する『ぶつぶつ交換』ってね。ほんとは『物々交換』だけど。まだ早いから先に行ってくる？　あ、待ってて」

　採れたばかりのにんじん、ジャガイモ、いくつかとりざっと洗いふきんでふいて、以前作っておいた、クランベリーフルーツ、ブルーベリー、紅や紫、薄緑のベリー系干しフルーツを小瓶に入れたものを古紙に包んでバスケットに入れ、はい、と渡してくれた。

「ありがとうございます」と受け取る。

「行ってきます」

「遠い日の思い出の場所、大切な家」

私は、薬師のおじじの家へ向かった。家を出て裏の川を石伝いに渡り、向こう側へ。トキトキと尖った山々の間は結構広い。白や黄色、グリーンの花の原が続いていて風が心地よい。木々の中に入る前、左の向こうの方に家の跡が見えた。

壁や柱、家の部分はもうほとんどないのだけれど、石組みの土台の部分はそのまま残っていて、壁の跡もある。

ここにも誰かが住んでいたのだ。

こぢんまりとした家。風が草木を揺らして吹き通る、そんな感じの気持ちのよい家だったのだろう。初めて見たはずなのにどこか懐かしい。

ここは『大切な家』。そう思い誰かが住んでいたのだ。

「薬師のおじじ」

でも、そこから少し行くと景色は一変した。森の奥でフクロウが鳴いている。動物の声もする。少し暗くなっていて、何がいるかわからない。「なんだか怪しいような暗さがあるな。地図を見てみようかな。たぶんこちらでいいのだよね」

暗いのは苦手なので、もしかして引き返す理由を考えたいのかもしれないけれど、と少し思いながら、地図を取り出し見てみると、

「あ」

先ほどまではなかった気がする道筋の左側がさらに広がっていて、何か書かれている。

『森の家、今はもうない、大切な場所、そこからさらに奥の陰った所へ入る、怖がることはない、苦手なものも躊躇せず進め、その先には何かがある、必ず』

「なんだか頑張れと言われているみたい」

地図をしまい、見ると、足元に人が踏んだ跡が道になっているのを見つけた。時々誰か訪れるのだろう。その道を行く。

木々のあいだから光が差し込んでいて静かに美しい。

中はこんなに綺麗なのだ。入り口付近は少し暗かったけれど。

しばらく行くと木の立て札があった。

『薬あります』

そしてその『あります』のすぐ下の少し空いた所に、

「……『おじじ』」

子どもの字で書き足してある。

「あの子たちだ、うふふ」

私は一人でにっこりし、細い道を進んでいく。すると、木で囲まれた中に山小屋のような建物があり、煙突から煙が出ている。すっとしたミント系の葉のよい香りがする。

コンコンコン。

ノックする。

「はい」

中から出てきたその人は、髪はグレーの綿あめのようで、髭も白の交ざったグレー、山の動物か何かに似ているような……そんな感じのする男の人だった。

「なんじゃ」

私の顔を見るなり、むすっとした顔で少し口を尖らせるようにしてそう言った。

作業の途中だったのだろう。器がいくつも出してあり、練る棒、薬草らしき物の入った袋が見えた。部屋の中からハッカのような香りがする。

薬を作っていたのだろう。

「あの……」

私は来た理由を言い、先ほど指を切った箇所を見せた。すると、おじじは、

「ふん、そんな手で。土を触る時は何か手袋をしないとだめだ。少し待っていなさい。今、作っとる」

そう言って私を招き入れてくれた。真ん中に大きな鍋。長い棒でかき混ぜながら、くつくつと煮立たせている。少し離れた所にまるい木のテーブルがあり、その上に薬草が無造作に置いてある。

「いい香り……」

つぶやくと、おじじはこちらをちらっと見て、

「ふん」

と言った。もじゃもじゃの眉毛の奥の目は何を思っているのかよくわからない。

そのまま、くつくつと煮て棒で混ぜているところを私はじっと見ていた。それはまるで魔法使いの大きな鍋のようだった。焦げないように丁寧に混ぜながら、時々いい香りのする葉や削った粉、種を入れているその様子は、感じがよく落ち着いた。

時々、暖炉の上の湯を取り鍋に足す。藍色の水瓶のそばを通る時、

ピシャン。

瓶から音がした。ほんの少し魚の尾のようなのが見えた気がする。部屋が少し陰っているのでよくはわからないけれど。

おじじは静かに鍋をかき混ぜている。

愛想がないのに怖くない。だってそれは痛んだ人のために作っている物なのだもの。

「こちらへ座りなさい。まだもう少しかかる。さてと、湯を」

上に置いてある材料を少しよけて椅子を指し示してくれた。

私は持ってきた野菜等、「めりさんから預かってきました」テーブルの上に置くと、「あぁ、あそこの野菜や果物はとてもいい。作り手の姿勢や思いが入っているんだ。ありがとう」うれしそうだった。

そして、ひしゃくで鍋から離れた向こうの方の暖炉の上の湯を少し取り、傍の木の箱から葉を器に入れ、いい香りのするお茶をこちらへ出してくれた。

薬膳茶だ。今まで出会ったことのない不思議な香りがする。

『おいしい……』

と思いながらいただいていると、

「それは森の奥にある湖の真ん中、小さな島から採ってきた物だ。ほんの僅かそこにしか生えない。体にとてもいい。疲れが和らぎ内側から温まり落ち着く」

私の思いが聞こえたみたいにそう言った。うなずいて静かにいただいた。ビスケットも数枚出してくれた。綺麗な花を載せて焼いてあった。あの子どもたちの言っていた薬草のビスケットだ。口にすると香ばしく、いい香りがしてとてもおいしい。

たくさんあった鍋の中の薬は煮詰まってきた。

大きな鍋の真ん中にとろりとした濃い緑の薬ができた。

スプーンですくって小さな透明の瓶に入れ、布の蓋をして輪ゴムでとめた。

「夜、塗りなさい。寝ている間にゆっくり効く」

私はお礼を言い、帰ろうとすると、

「ああ、待ちなさい」

壁際の棚の上から目の詰まった布でできた小さな袋を持ってきた。

「これはめりさんに。畑にまくといい。よい栄養になる」

「はい、ありがとうございます」

その袋の口が少し開いていて、中から森林の香りがした。

ドアの所でもう一度お礼を言い、私は帰途についた。


途中、森から抜ける時に、草むらの中にある水たまりの手前に白い鳩がいて、水を飲んでいた。

『こんな所に鳩が』

見ると足に赤い筒のような物を付けている。

『伝書鳩？』

鳩はこちらに気が付くとすぐに飛び立っていった。

青い空に真っ白な鳩が羽を広げて飛ぶその様子が、とても気持ちよかった。

少し見ていたけれど私もやがて歩きだした。

「ネジ巻きオルゴール」

家に着くと、めりさんが待っていた。

「まあ、ありがとう。私にも持ってきてくれたのね。ああ、助かるわ。これはね、おじじの作った『大地の栄養、生を呼ぶ物』なのよ。生きる、伸びる、育つという生命の力を活性化させるの。元気がなくなりかけているものも持ち直すのよ。早速まいてくるわ。それからあなたのいない間に鳩の電報屋が来てくれたの。ヘルプの人、風邪をこじらせて来られなくなってしまったらしいわ。あなたに来ていただいてよかった。もしよかったら、できれば明日も手伝ってほしいの。ああそうそう、二階の奥の部屋を用意しておいたから荷物を運んでね。壁紙も張り替えたばかりよ。私の大好きな壁紙なの。きっと気に入るわ」

私はリュックを持ち、小さな、らせんの階段を上って奥の部屋へ。小型の木のドアを開けると、水色の地に黄色いアイリスの花模様が描かれた壁紙の部屋が現れた。パッチワークの掛け布団、小さな縦長の置物台。屋根裏で天井が斜めになっていて、こぢんまりとした、おしゃれな造りの部屋だった。

ここで今夜は過ごすのだ。
ベッドに座り、美しい花模様の壁紙や斜めの天井を見ながら、
うふふふ。
自然に顔がほころんでしまう。
なんて素敵なの。

夕食は、採れたての野菜、カボチャ、にんじん、ピーマンを暖炉の火で焼いた物。私が採ったジャガイモも串を刺して焼いた。大豆の酢漬け、手作りヨーグルトをいただいた。

食事の後も少々家の用事の手伝いをしたが、疲れたのでその他のいろいろな支度は早めに済ませ、二階へ上がった。

屋根裏部屋の斜めの天井に取り付けてある窓のカーテンを開けたままにして、ベッドに横になりながら見ると、星空がとても美しかった。

その夜空と星とこの部屋に言う。

「お休みなさい」

今日はどんな『夢』を見るのかな。

でも、もしかするとそれは『本当』のことなのかもしれない。
どちらが夢でどちらが現実か、それともどこかで繋がっているものかしら。
ならばその境目があるはずだ。夢と現実の境目を今日こそ見てみたいなと思いながら目を閉じしばらくすると、頭の中で、
ポンッ、
と何かがはぜたみたいな音がして羊が出てきた。
まず白いのが、めりさんの畑の柵の所でじーっと野菜を見ている。そしてそれに向かって、
ピョン。
もう一匹後ろから少し小さめのが、
ピョッ。
次に顔と手足の黒いのが、
ポンッ、ピョン。
次から次へと柵を跳び越え、畑に飛び込んでくる。
「あー、野菜が食べられてしまう。でも、お腹がすいているのね。うーん、少しは残して

おいてね」
と思いながら一匹二匹と数えていてわからなくなってしまった。
だってもう畑の中がぎっしりなんだもの。羊のぎゅうぎゅう詰め。
でも、ふふ、可愛いの。

夜中、目が覚めて喉が渇いたので水を飲みに行こうと階下へ向かう。
階段の上に立ち、一階の木でできた部屋全体を見て、緩やかならせん階段を下りる。
『造りが変わっているな、まるで古いイギリス映画の小さな映像を見ているみたいだ』
と思いながら左の壁際を見ると、暖炉の火は消えているのにまだ少し暖かい。
山の上では夏でも夜は寒いもの。先ほどまでつけていたのだろう。
ふと小さな灯りが瞬いているのに気が付いた。階段を下りた所にランプがある。
足元が危なくないようにつけてあるのだろう。
窓からの月明かりは少し陰っていて美しい。
ランプの中で灯りがチロチロと動いている。何かなと思い見てみると、
「ホタル」

「ネジ巻きオルゴール」


ホタルがガラスの向こうで光り、灯りをともしているのだ。

ほんの少しだけの明るさ。

ランプの上は開いていて、いつでも飛んでいけるようになっている。

でも今はそこにいるんだね。その中、気に入ったの？　ランプのガラス、綺麗だものね。

とても素敵。

月明かりが部屋を薄く照らす、足元にはホタル。


以前、宿泊先のホテルの、らせん階段の上から見た時、一階のほんの一角の人たちだけが動いていた。小さな灯りの下、髪を後ろに束ねた、紺色の膝下丈のワンピース、白いエプロンの三人くらいの人たちが。

カタカタカタ。

『まるでネジ巻きオルゴールみたいだな』

あの時そう思った。


カタカタカタ。

片手を上げて。

片足上げて。

オルゴールの真ん中の、バレリーナの人形はそんなふう。

クルクルクル。

今、薄明かりの中で動いているのは私だから。

ネジ巻きオルゴールはこちら。

カタカタカタ。


そんな心のまま、水場にあったガラスのコップにお水を注いで二階へ。

らせん階段の横の棚に置いてある人形や置物、朝になると少し場所が変わっているかも。

オルゴールの世界ってそんなふう。

夜中、ふと目が覚めると、
ひそひそひそ。
くすくすくす。

話し声がするので、なんだろうと窓の方を向く。

誰かな。

庭の畑の方だ。

「だってねー、ボクたちちゃんとしないとダメなんだよね」

半身起こして窓から外を見ると、
お豆たちが殻から抜け出して、

「よいしょっと」

にんじんも、

「うんっと」

ジャガイモもみんなそう。

顔のある子たちはごそごそ動いている。

よく見ると何か植えているようだ。

「ちゃんと、植えておかないとね」

「間違えてボクたちのこと、つかまえちゃったら嫌だもんねー。ボクお話ししていたいんだもの。ずーっとみんなと」

「だからこうやって、埋め埋めして」

「植えて植えて、っと」

土の中に種や球根を植えている。

「これでよしっと、こんな感じかな、それじゃ、もう寝ようか」

そう言ってさやや、それぞれの場所へ入っていった。

「おやすみなさーい」

そうだったの。ここの畑は小さく見えても大丈夫。採っても採ってもなくならないの。

それはあなたたちがこんなふうに植えていたからなんだね。

私は安心してまた目を閉じた。


夜中。

外で水の音がする。

外だけではない。屋根や壁の向こう側や土、全部から。

水の流れる音に包まれている。

だから今は雨。

そう思いながら目を開けると、ちょうどベッドの上辺り、屋根の斜めの部分のガラス張りの窓になっている所を雨の水が伝い流れていた。伝って落ちるしずくの玉が音符のよう。

「綺麗だなあ」

それを見ながら、

「なんて心が落ち着くのだろう」

雨の音符を聴きながら、私は静かに目を閉じた。

「水瓶」

チチチ。

鳥の声がする。

外はまだ薄青い。

うんっ、と伸びをした。少し肌寒い。身支度を調えて、一枚カーディガンを羽織り、階下へ下りていくと、朝食の用意がもうある程度できていた。

鍋には野菜や豆などのスープ、テーブルの上には不揃いの手作りロールパン。

家の人が見当たらないので、どうしたのだろうと水場を見るとにんじんが数本置いてあった。調理器具もいろいろあるので、にんじんをすりおろし、置いてあったレモンと精製していないベージュ色の砂糖でさっと煮て「にんじんのジャム」を作って、粗熱をとり、ガラスの器に入れた。

「うん、綺麗でおいしそう」

オレンジ色のジャムができた。

完全に冷めたら蓋をしようと思っていると、そこへめりさんが帰ってきた。

「ふぅ、良いのがあったわ」

紅い小型のりんごが二つ、野草と一緒に籠に入れてある。

「あら、にんじんのジャム作ってくれたのね、ありがとう、綺麗でおいしそうね。私、裏の山手へりんごを採りに行っていたのよ。ほら、紅く小さく可愛いでしょう。山野草も採れたわ。朝のサラダにして一緒に食べましょう。冷蔵庫にチーズもあるのよ」

と言い、クリームチーズとパルメザンチーズの二種類を出し、りんごは洗ってそのままそれぞれ器に載せ、食卓へ。

「ああ、そうそう、ちゃんと植えておいてくれたのね、あの子たち、夜の間に。いつもそうなのよ。朝もうすでに小さな芽が出ていたわ。綺麗な空豆の葉っぱも。助かるわ」

『あ、それ私昨日見たもの』

ふふっと微笑みながら、静かな青い朝の光の中、二人で朝食をいただいた。


コンコンコン。

ドアをノックする音。

「あらもう来てくれたのかしら」

はぁい、とめりさんが出る。

「早くに来てくださったのね。ありがとうございます、どうぞこちらなの。ヒビが入ってしまって。中に水もたくさん入っているし割れたら大変。中のものも時々水しぶきをあげて飛びだしてくるのよ」

入ってきた人は、年季が入った作業着に履きならした靴。全部、葉や天然の繊維でできているような格好に、まるい水あめのようなレンズの眼鏡を掛けた男の人だった。まるでアライグマのような感じのぼさぼさの髪。頭の上の両側がくるんと巻いて少し白くなっていて、耳のように見える。こげ茶色の作業用軍手をしている。

めりさんが案内したのは入り口の横にある青い大きな水瓶だった。

「ふむ、ああ少し割れかかっているね。継いで繕っておきましょう。他の傷んだ所も一緒にやっておきます。よい金色が入ったのでね、この青い瓶の色によく合う静かな色調の金です」

「まあ、うれしいわ、お願いね。飛び出してきた魚は持っていっていいわ」

作業の方は、どうも、と言うみたいに、手で少し帽子の先を持ち上げるようにした。

朝食を食べ終わったところで、食器を洗い後片付けをした。

「今日も少し畑を手伝ってね」

「はい」

と一緒にドアを開け出ていく時に、水瓶を見ると、先ほどのアライグマのような人が中を覗き込んでいる。

「うーむ、ずいぶん深くなっているね」

「そうなのよ。大切な瓶なの」

と、めりさんが言うと、作業の方は納得したようだった。

「どんどん広がるからね。それはとっても良いことだ。人も大切に接すると相手を認める心の広い子に育つのと同じように、物も大切にすると、この水瓶のように広がるんだ。瓶もこちらに応えてくれているということだからね」

「この瓶、大切にずっと使っているの。私の祖母のさらに先々代からの物なのよ」

「うんうん」

うなずきながら、バッグから工具を取り出している。

『広がる?』

作業を横目に私は外へ出る。

しばらくして畑の野菜……気を付けて静かな野菜をいくつか採り、家の中へ戻ろうとすると、ちょうど修理を終えて出てくるところだった。修理道具はずっしりと肩に掛けて、両手で大きな魚を一匹、抱え込んでいる。ぴちぴちと元気に尾が跳ねている。胸のポケットには小さな魚の顔が二匹、見えている。

「さてと、修理は思ったほど大したことはなかったし、もう大丈夫だと思うよ。この魚いただいていくね。小さい方はうちの床下のアライグマたちにあげるよ」

どうぞと、めりさん。

あんな大きな魚が入っていたの？　私は不思議に思い、野菜を入り口の台の上にドサッと置くと、瓶の中を覗き込んだ。

瓶の水はシンと静まり返っている。

「なあんだ、何もいないじゃない」

離れようとする、

と、

ピシャン。

音がする。見ると水面に少し魚の尾の先。そしてすぐに中へ消えた。

もう一度瓶を覗き込むと、中は意外と広く深く、水瓶の底の方がよくわからない。

外から見た瓶自体は高さ六、七十センチくらいのそんなに大きくはない物なのだけれど、中を覗くと、深く大きくどこまでも水が続いていて、青く陰っている。

そしてもっとよく見ると、そのずっと底の方で魚が悠々と泳いでいる。


深く広い水瓶の中。

大切にしてずっと置いておくと広がると言っていたけれど、

『こんなこともあるんだね』

ふと、日にちはまだあるのだけれど、いつまでもこうしてのんびり留まっていると余裕がなくなってしまうかもしれないと考え、部屋へ行きリュックの中から地図を取り出す。道を確かめておいた方がいいかなと思ったのだった。

地図を広げると、

「あ！」

広がっている。

というより長くなっている。縦に何度も折れていて、さらに向こう側に折れて道が続いている。脇道も何本か増えている。昨日行ってきた「薬師のおじじ」の家に行く道や「鳩の電報屋」の空の通り道……。空の通り道は薄い青紙で継ぎ足してあり、ずっと繋がっているのだ。見ていると、うんと遠くのあちらこちらまで行くのだということがわかる。喉も渇くよね、だから水たまりの水も飲みたくなるよね、と思う。私がいる「めりさんの畑、めりさんの家」では、『オルゴールの世界、夜の物語、豆の子たちの気持ち、話す野菜（心落ち着けて声なき声を聞く）』と注釈があった。そして羊の足跡がペタペタとたくさん描いてある。「まなびや」は小学校入学前の大切な時期だろう。道端に白い星のような花。その少し筋が違った道の近くに「和紙の里」という場所が増えている、他にもたくさん。そして先はまだ薄く描きかけのようになっている。ずっと続いていくのだ。

それを持って一階へ下りていくと、

「あら、なあに」

めりさんは地図を見て、

「まあ、広がっているのね。とても良いことよ」

と、にっこりした。

「ああそうそう、昨日の夜、何か動物が来たわ。畑に足跡があるの、いくつも。それに野菜がかじられた跡も。『羊』かしら。まあいいわ、お腹すいたのね。でもちゃんと残しておいてくれた、私たちが食べる分を後から採ってこなければ。少し雨が降ったから道がぬかるんでいるかもしれない。そうそう、あなたの行く方の道を先に見ておくといいわね。ここは水はけがいいのだけれど、山と山のあいだに少し溜まる所があって、足元の道を確かめておいた方がよいものね」

ここなんです、と指さすと、

「距離はそんなにないわね。真っすぐ行けばここからすぐよ、四十五分くらいかしら。もうじきツル橋もかかるし、ぐんと近くなるわ。でもこの手前の所、橋が滑るし水の溜まる所があるから見ておいて。それによっては廻った方がいいかも。そうすると、少し時間がかかるかな。ここはそんなふうな所。近くても迷い込む時があって、いろいろな横道があって、そちらへ行きたくなるの。そうなると遠いとも言えるもの。迷った時はね、落ち着いて気持ちを整えるの。そうすると見えてくるものだもの。でも心の望むままに進めばいいのよ。何日かかってもね。少しの着替えだけを持って。洗っては干せばよいものね。重いと大変でしょう。できるだけコンパクトにね。後はこのままここへ置いていけばいいのよ。あなたの泊まっている部屋はそのままにしておくわね」

ありがとうございます、とお礼を言いながら、不思議な声のトーンだな、なんだろう？と思った。そして後で道を見に行ってみよう、と考えていると、

「その日のうちにではなくても大丈夫よ。泊まることも考えて、ゆったりとらえてね。あそうそう宿泊先とか留まる所はまだ決めていないのでしょう。よかったらこのままうちへどうぞ。時々手の空いている時でいいから手伝ってくれたら助かるわ。お代はそれでいいわよ。あなたいろいろできるし。それにね」

と、ここで少し言葉を切ってこちらを見た。

「あなたを見ていると、ずっと以前のことを思い出すわ。目を見ると幼い頃に一緒に遊んだ子たちが心に映るの。あの頃、毎日本当に楽しかったわ。でもやがて中の一人が家の事情でここを離れることになって。今どうしているのかしら、元気かなあ、そうだとよいのだけれど。おじじの家に行く途中に家の跡があったでしょう。あそこに住んでいたのよ。ここからすぐ近くだったの。誰もいなくなって朽ちて家の形はもうないのだけれど、跡だけ残っているのよ。当時、その子、出立の日に荷物を持って家の前に立って、じっと見つめていたことがあって、私が傍に行くと『いつかまた戻ってくるんだ』って。そして振り

向いて『学校を作るんだ。すごく良い学校だよ。先生になってみんなのこと教えて、ここをもっともっと良い場所にしたいんだ。本当は学びたいのに、いろいろな都合で学校へ行くことのできない人、働きながら学ぶ人のためになりたいんだ。僕はいつか皆のためになる学校を作りたい。一緒にやろう。空人くんもだよ』そう言ったの。その頃はまだこの山岳地帯に学校がなくてふもとまで下りていたのね。なかなか行くことができず諦めていた子どもたちもいた。その子、ゆきじ君っていうのだけれど、頭がよくとっても良い子でね、皆がその子のことを大好きだったの。だから家の跡もそのままになっているのよ。そして空人くんの方だけど、今は小学校の先生をしていてね、学校のお休みの日には山の上の、どこからでも見える位置にある山小屋で学校用雑貨店を開いているのよ。目印だって。ここならあのゆきじ君からも見えるんだ、って。ゆきじ君と空人くんと私の三人でいつも一緒に遊んでいたわ。空人くんのお父さんは、今、校長先生をしていらして、この人も休みの日には空人くんのお店の隣山の頂上でいろいろな生活用品を売っているの、皆が困らないように、ってね。まるで仙人みたいなのよ。細長くってね。髭があるわけでもないのに」

ここでクスッと笑った。

「校長先生には私たち小さな頃よくしてもらったわ。あなたといるとなんだかとても懐かしい遠い昔を思い出す。あら」

私を見つめて何か思いついたみたいにしたけれど、

「ううん、いいわ」

めりさんはふっと息をつき、少し川の方を見てくるわね、用事があるの、と裏口から出ていった。

「トマちゃん」

コン、コン、コン。

表の方で音がする。

「はい。誰かしら」

ドアを開けると、女の子が立っている。五、六歳だろうか。

黒い瞳、けれど光の加減で奥の方がワイン色がかって見える。髪は後ろで一つに束ねて、白くまるい襟のブラウス、胸にトマトの刺繡、トマト色のスカート。

手にノートを持っている。

「あの、トマと言います。え、と、めり先生……」

もうずっと向こうへ行ってしまったらしく姿が見えなかった。

「ごめんなさいね、せっかく来てくれたのに。つい今しがたまでいたのだけれど、何か用事があるみたいで行ってしまったの。なんでしょう、私にわかるかしら」

その子は抱えていたノートを前に出し、

「めり先生に宿題教えてほしくて」

ああ、と私。

『めりさん、先生なのだ』

私はノートを受け取り、見せてもらって、つぶやくように読んだ。

「宿題、一、トマトの栄養、二、それは人にどんな働きをするか、三、どんな調理の仕方がよいか」

その下に、『ビタミンA、ビタミンC、リコピン酸、肌がきれいになる』と、丁寧に子どもの文字で書いてある。その下にトマトの絵。赤や黄色、薄緑、オレンジ色のトマトも描いてある。

「今、家でトマトを育てているんです。めり先生は小学校へ行く前に通う『まなびや』に時々教えにみえて、その時それぞれの子にあった宿題を出されるの。私は家で作っているトマトのことの宿題なの。わからなかったら聞きに来てねって言われたの。少し書いたのだけれど。もっときちんと書きたくて。だから教えてほしいの」

「どうぞ、入って」

と私は女の子を真ん中のまるい木のテーブルに案内した。まるい椅子に座り、持ってい

たノートを女の子に向けた。そして、

「用意はいい？　いきますね。ではまず最初の、一はね、ビタミンC、ビタミンE、カリウム、食物繊維など。さらにリコピンやβ-カロテン……書ける？」

うつむいて書いていて終わったところでこちらを見る。

「では次いきますね。二、美肌効果や風邪予防に役立つのがビタミンC、老化を抑制する……老化しない、つまり若くいられる……のがビタミンE、塩分の排出……外へ出す……のを助けるカリウム、腸内環境を整える……お腹の具合をよくすることね……食物繊維などをバランスよく含んでいるの……」

「うーん、わかるかな……」

つぶやくように言うと女の子は顔をあげて、

「うん、わかるよ」

うなずき、にっこりした。

可愛らしい笑顔だ。

「よかった」

「最後の項目の三はね、トマトは抗酸化……酸化するというのは悪くなる、腐ることなの。

「トマちゃん」

抗酸化はそれに抗う、つまり腐りにくくする……トマトは酸化しにくく、加熱しても栄養が失われにくいの。さらに油と一緒に食べると体の中に吸収されやすいの。煮ても焼いてもそのままでもいいのね。デザートにしてもおいしいの。お母さんは知っていると思うけれど」

「お母さんは今、他の人たちと今度開かれるお迎えの準備で忙しくしているの、お父さんもそれで出掛けていて。私も友達と二人、大切な役目があるの」

「そうなのね」

ここのめりさんもなんだか忙しそうだ。

書くのが終わると女の子はノートを閉じ、お礼を言った。すぐ近くだと言うので、どこの辺りかと聞くと、先ほどめりさんが教えてくれた、山間のぬかるみの近くの方角だったので、私も一緒に行って道を見ることにした。

テーブルの上に、

『少し出てきます。道を見るのとその他もろもろ。でもまた帰ってきます。こけももを少しください。めりさんの生徒のトマちゃんが宿題終えて帰るので少し分けてあげたくて。部屋のことありがとうございます。泊まらせてくださって。そしてこれからもどうぞよろしくお願いします。またじきに戻ってきます』

置き手紙をした。

『きちんと顔を見て挨拶したかったけれど、ちょうどのタイミングだもの。後からまた話そう』

と思った。あまり重くならないようにリュックにはできるだけ少量の荷物を入れ、縦長の横ポケットにすぐ取り出せるように地図を入れ、残りの荷物はそのまま部屋に置いて出た。

窓際の台の上に置いてあった綺麗に色付いておいしそうなこけももを、ある程度袋に入れ、お土産に渡すと、トマちゃんはうれしそうにした。

玄関の方に行く時に、水瓶の中から、

チャポン。

と音がしたので見ると、水面に波紋ができていた。つい今しがたまでそこに何かがいて水の中へ潜っていったみたいだった。

深い水。

一緒に見ていたトマちゃんが、

「トマちゃん」

「深くなってる」

と言った。

みんなの所もそうなの？

水を瓶に入れておく。そして大切に使う。すると瓶の中全体が、深く深くなる。

「水の向こうの」

家を出て一緒に歩いていくと向こうの方に小型の山があり、その中腹から下に畑があった。赤い実がたくさん生っている。黄色のもある、グリーンや紫も。

『いろいろな色のトマトだ』

道々小さな花が咲いていて所々光っている。何かなと思い見ると、水たまりだった。その一つ一つに空が映り、とても綺麗だ。雲がゆっくりと流れていく。

その一つに近づこうとすると女の子が、「あ！　待って。そこ深いから」

深いの？　ここだけ。

少し手前から覗くとその水たまりだけ映っている空の色が違う。青みが深かった。

吸い込まれそうだ。

「見ててね」女の子は石を拾い水の中へ。

ポチャーン。

石は落ちていく、どこまでも落ちていく。底に到着した感じがしない。一体どこまでいくのだろう。家の水瓶と同じかな。置いておくとどこまでも深くなる。

「この水たまりは、少し山の陰になっていて日が当たらないから、なかなかなくならないの。だから降ってきた雨の水が溜まっていって、どんどん深くなるの。おかげでこのあたりの草や花はうるおうの」

向こうの方から、とっとっとっと小さな男の子が転びそうになりながら走ってくる。

「トッ君」と声を掛けるトマちゃん。

「弟なの」

呼ばれた男の子はこちらを見て、

「あ、トマちゃん」

紙袋を両手で抱きかかえるように持っている。中身は、瑞々しい梨四個ほどかな、袋の口が開いていて中が少し見える。

「どうしたの?」とトマちゃんが聞く。

トッ君は水たまりの所まで来ると、

「うん、あのね、あの子、梨が好きなんだけど、あそこには梨の木がないんだって。だからこれあげようと思って。僕のとこいっぱいあるもん」

そう言うと梨を袋から取り出し、水たまりの中へポッチャンポチャンと入れる。全部で四個。梨は沈む。どこまでも沈んでいく。

波紋が収まると水面から向こう側の景色が見えてきた。

水の向こうに岸があって、ほとりに花が咲いて揺れている。さらさらと音が聞こえてくるようだ。

そこに女の子がかがんでこちらを見ている。そちら側に浮かんできた梨を一個ずつ拾い、うれしそうにしている。おかっぱの髪が揺れる、梨模様の服を着ている子。後ろには少し大きな男の子。まだ色付いていない梨色のような薄いグリーンのTシャツ。何か袋を持っている。

取り出したのはトマト。それを一つずつ水の中に入れる。三つ。トマトはゆっくり沈み、こちら側の水たまりに、プカッ……プカッ……と浮かび上がってきた。トマトって水に浮くけれど沈むのもあるんだよね。比重の問題で中身が詰まっていると沈むのだって聞いたことがある。だからこんなふうに中身の詰まったトマトはこちら側に来ることができるのだよね。大きくて重いぎゅっと詰まったおいしそうなトマト。

私の横にいたトマちゃんは、

「新しい品種のトマトだ！　ありがとう」

とお礼を言った。向こうの二人はにっこりうなずいた。そして、

「梨をありがとう」

と言ってバイバイしながら帰っていった。あの梨、これから植えて育てて大きくするのかしら。芽が出て双葉になり、ぐんぐん伸びて木になり、花が咲く。そしてそれが実になる。大きな木においしい梨。たくさん生るといいね。

「このトマトたくさんにする」

水分をたくさん含んだおいしそうなトマトを見ながらトマちゃんはうれしそうに言った。

私の行こうとしている所は、

「この先の少し曲がったあの道を行くとその先にあるの」

と教えてくれてから、トマちゃんとトッ君は家へ帰っていった。

「まなびや」

進んでいくと道は崖の後ろへ続いている。その先は二つの方向に分かれているが、手前の所がぬかるんでいる。

「どうしようかな、崖も雨で滑りそうだもの」

一番右の横にさらに細い道が少し下に向かってある。尖った崖山なのだけれど独立したものではない。

リュックの横ポケットから地図を出して見る。すると、

『崖山の途中に隣の山に繋がっている箇所がある。そこを行くように。少し進むと入り口に、看板がある。行ってみる、やってみる、試してみる、三つの「見る」が面白い。なんでも試してみること』

前を向くと看板に『まなびや』と書いてある。地図をしまい、

「まなびや？　学校みたいなのかな。こんな所にあるの。あ、でもこちらの道は乾いている。もしかしたらこの『まなびや』の後ろから上へ行くことができるかもしれない」

行ってみることにした。進んでいくと向こうの方から、ガヤガヤ、ワイワイ声がしてきた。

平屋の木造の建物。窓が大きく開け放たれている。学校の教室のようだ。

窓から身を乗り出して、一人小さな女の子が手に黒板消しを持ち、パンパンパン、とはたいている。チョークの白い粉が舞った、その時、風の向きが変わり、粉は全部教室の中へ入っていった。

「うわぁぁぁ！　ねえ、やめてよー」

ケホ、ケホ、ケホ、中の子どもたちがむせながら騒いでいる。

「あ！　ごめん」

女の子は、すまなさそうに肩をすくめ、中へ入って行きながらこちらに気が付いた。

「あ！」

パッと教室の中に入り、黒板消しを置くと、戸口から出てきた。長い髪を二つに結わえている。走るとぴょんぴょん跳ねてうさぎの耳みたいだ。近くまでくると、目を生き生きさせて、

「先生！　先生ですね」

「え、いえ、私は……」

中から男の先生が出てきた。

「ああ、この人は先生じゃないよ、うーちゃん。新しく来る先生は男の先生だからね」

「……あ」

がっかりの顔。

「うーちゃんは長女なものだから、お姉さんが欲しかったんだよね」

こくんとうなずく。見上げた瞳の色が光の加減で少しグリーンがかって見える。

「観光の方ですか？　よくここに着きましたね。たまには来られるんですけどね。大抵は迷い込んだり道を間違えたりとかした人たちで。ここに来るつもりの人でもなかなか辿り着けないことの方が多いようです。途中の道がわかりづらいでしょう。ここ、いろいろ少し込み入っていてね、さまざまでね、面白いんですよ」

「でも久しぶりだな。来ていただいてうれしいです。うちは『まなびや』といって小学校へ上がる前の子どもたちが通っているのですよ。いや、学びとはいってもほとんど遊びなのですけれどね。だんだんと来る生徒の数が増えてきたものだから、もう一人手伝ってくれる先生を頼んであったのです。ああ、新しい先生といっても、もともとここの人なんですよ。僕の甥でしてね。僕は緑野といいます、よろしく。彼はいろいろな所を旅してまわって見てきているので、よくわかっていると思いましてね、そうして彼に頼んだんです。ここをもっと最高に良い場所にしたいと言っていましてね」

楽しそうに騒いでいる教室内に目をやる私を見て、

「皆、元気でしょう。今日なんて、山の上の小学校が休みなものだから、三、四年生の子どもたちが弟や妹の付き添いで来て、そのまま自分も遊んでいっているので、いつもより人数がずっと多く、ごったまぜの状態で。それもまた面白いんだけどね。そこへあなたが来てくれたということです。少し騒がしいかもしれないけれど、見ていかれますか。よろしければどうぞ」

そのまま私はついていった。

そして、地図を出しながら、山の方へ行く道を聞いてみると、

「ああ、この建物の裏手にぬかるみのない所があります、そこにだけ咲く花も咲いていて綺麗なので、そこも見ていってください。そして通り抜けてもう少し進んでいくと上への道があります」

「そうそう、途中に縦長のレンガのホテルがあり、そこに泊まられるのもお勧めですよ、

もうお昼前ですし。進むのも戻るのも少し大変でしょう。僕も時々ですが泊めてもらうことがあるのですよ。アンティークな建物で窓からの光が美しい。ホテルの方々は良い方たちで落ち着いて過ごすことができます。料理も体に良い物ばかりで、しかもおいしくてね」

と教えてくれた。

やがて建物に着いた。

木でできた小さな低学年用の教室らしき二つの部屋と水場、コンパクトで感じの良い職員の部屋、そして小さな倉庫などがある。職員室の前には大きめのワイン色がかった青い水瓶。

ちゃぷちゃぷ。

小さなのがたくさんいそうな音がする。ここの瓶は上に網がかかっていてよくわからない。小さな子どもたちもいるし、たぶん落ちないためにだろう。何かいろいろいそうな感じ。見たいけれど、とりあえず我慢して、と。

私は手前の教室へ通してもらった。すると中には、七、八人の小さな子どもたちとその兄姉、全部で二十五、六人がいて一斉にこちらを見た。その中の一人、元気で細身の、運動ができそうな子が、

「何？　その人、先生の恋人？」

「そうだよ」

わぁぁぁぁっ！

「え、いえ、その」

「冗談、冗談」

「なあんだ」

「さあ、今日は何をするかな、二種類のことがあってね。一つは外の木や石で蝶々やカブトムシ、クワガタムシなどの虫を作り、それを標本箱に入れて標本にする。もう一つは綺麗な押し花を作る。みんなで一緒に作ろうと思ってね。道具や材料を用意してきたからね。まず自分のやりたい方を決めたら二つに分かれて、そして小さなグループを作るんだよ」

「うーん、何にする？」

「私、虫つくる」

「僕、押し花！」

「え？」

あははと笑いながら、皆それぞれわいわいとやりたい事を決めると、二つに分かれてガタガタと席を立った。

ぼうっと立っている、兄姉がいない小さな子は、他の大きい子が「みーちゃん、虫好きだよね、一緒に標本つくろう」「たっくん、お花好きだよね、一緒に押し花つくろ」と誘ってくれて、仲間に入れてもらっている。そうして、誰もあぶれることがなく、ちゃんと大きい子と小さい子が入り交じったグループが五つほどできた。そして、虫作りの工作が好きな子たちは材料を探しに、押し花作りの子たちは自然の花や花壇の花を摘みに、外に出ていった。

しばらくわいわいと楽しそうにやっていて、やがて帰ってきた。

先生は虫の方。私は、

「あなた、押し花の方を受け持ってくださいますか」

と言われた。実は前に作っていた時期があるのだと言うと、先生はちょうどよかったと喜んだ。先生の用意してきた道具や材料は本格的な物で、以前私のやっていた『美しい押し花のできるセット』と同じ物だった。採ってきた押し花用の花はすぐには使えないので挟んで置いておく。数日後にまたやるのだろう。今回は先生の作ってきた花や葉を使う。白赤ピンク青に黄色、さまざまな花があり美しい。虫は、胴体を作る木くずや薄い羽根のような葉、手足になりそうな細い枝などを見つけてきた。子どもたちは良いのがたくさんあってうれしそうだ。

私が座って花を選んでいると、前の席の小さな女の子が苦心しているのが見えた。手にペタペタと糊がついてなかなかうまくいかない。

「はい、このピンセットでやってみるといいかも、こうやって」

と見せていると、周りの子も、

「私も」「僕のも」

皆一人ずつ聞きながら一緒に作った。

その後、私もやろうと自分の分を持ってきた。白い花だけを集めて斜めに敷き詰めて、真ん中に色鉛筆で花の精が星のステッキを持って飛んでいる絵を描く、というふうにしようと丁寧に作っていく。

作業をしていると、うーちゃんがこちらを見ているのに気が付いた。何かなと思い見ると、

「よかった！　私、先生のクラスで」

と、にこっと微笑んでくれた。

皆でわいわい作り、素敵な作品がおのおのできた。最後に後ろの台に並べると、先生が、

「皆、良いのができたね。今度、お父さんやお母さん、お家の人たちにも見てもらおうね」

「はぁい」と皆。

それはとても楽しそうだ。

「さてと、食事の時間だ。お母さん方が作ってきてくださったから皆で取り分けようね。多めに持ってきてくださったので、大きい子たちのもあるよ。当番の人は用意をしてね」

「はあい」

と大きな子たちは小さな子を手伝って、ご飯やおかず、野菜、汁物、デザートを取り分けた。

全部配食が終わると先生が、

「さてと用意はできたし、これを」

教壇にあった箱の中から取り出したのは、メダル。手作りのメダルだ。ハサミで紙を丸く切って、真ん中に金色の色紙、その周りには花びらのようにカットした色紙がペタペタと幾重にも重ねて貼り付けてあり、とても綺麗だ。リボンで首に掛けられるようになって

いる。出した途端にみんなの目が変わった。ハッとし、バタバタと席に着く。引き締まった教室の中。

先生はメダルを私に渡した。

「え？　あの、これ、どうすれば」

先生は何も言わず、すーっと教室から出ていってしまった。あとに残された私はメダルを持ってポツンと立っている。

『これをどうすればよいのだろう』

まごまごして立っていると、元気のいい男の子が前にやってきて、

「それねっ、その日に一番行儀の良かった子にあげるの。ねえっ、あの子にあげて！　あそこでさっきから一番きちんと座っている子」

見ると、本当に一人、きちんと固まって、手を握りこぶしにして膝に置き、座っている子がいる。日に焼けた血色のいい男の子だ。

「あの子、さっきからずっとああしているの。あ、でももし他にもっといい子がいたらその子にあげていいからね！　自分の思った通りにしてねっ！」

私は、その固まっている子の所へ行き、どうぞ、と渡した。

その子はうれしそうにメダルをかけて見ている。
途端に、
わぁぁぁぁぁぁぁぁぁーっ！
教室に割れるような歓声が起こった。
うーちゃんもこちらをにこにこと見ている。
私は静かにそこを後にした。

道々、なんとも自然に顔がほころんできてしまった。

あんなうれしそうに沸く声は初めてだった。

本当に楽しい。本当にうれしい。

あのうさぎの耳のうーちゃんや、手をべたべたにして一所懸命作っていた子、きちんとかしこまって座ってメダルを待っている血色のいい少し大きい子、その子のこと「あの子にあげて」と教えてくれたやんちゃそうな元気のいい男の子。あの子たちのあの笑顔。皆、なんて素敵なのだろう。

「笑顔で接する、相手に返す、返し合う。思いやり合う」

「まなびや」

当たり前のことだけれど、それはとても大切なことなのだ。

あの、最初に出会った「空色の服の人」が言っていたこと、それはこんなに素晴らしいことなのだ。


裏手に細い道があり、草で覆われていて、両側から木がトンネルのようになっている。少し向こうに草のない一角があり、見ると花が咲いている、光の加減か薄い青紫色に見えるのだけれど、よく見ると白い花のようだ。それが発光するように周りがにじむように光って見える。きっと白すぎるのだ。あの先生が話していた花に違いない。五つの花びら、それは星が光る時のような初めて見る白さ、形だ。

花を見ながら歩いていくと横に石の階段があった。それは作られた物か自然にできたのかわからない。上っていこうとすると、横にさらに細い少し下り道があるのに気が付いた。行ってみようと思った。

『ここ、いろいろ少し込み入っていてね、さまざまでね、面白いんだよ』

と先生が言っていたのはここのことだろうか。地図を見てみようとリュック横のポケットから出して広げてみる。向こう側に折り線が増えていて、縦に長くなっている。

『立ち止まり、星の形の花を見たら、それはとても美しいでしょう。心の中に真っ白な花が咲くよう。そうしたら次は山菜の山へ。そして長い階段を上っていき、草むらの中にいるその人と会話をしてみてください。人と出会っても、黙って通り過ぎることもあるかもしれませんが、知れば何かがわかる。新しいことが始まるかもしれません。どこでどうなるかわからないのです。関わることは良いこと。その後に先へ進みましょう』

「はい。わかりました。なんだか何か教えてくれているみたい」

私は一人でつぶやくと地図をしまって歩きだした。

「まなびや」

「まよいみちこみち・みちくさ・ホテル」

二本の細い道のうち、少し下る方の入り口に小さな立札があり、

『まよいみちこみち・みちくさ・ホテル』と書いてある。

なんだかどれが名前なのかよくわからないけれど、

「迷い道小道の部分かな、道草かしら、それともこれは全部ホテルの名前？」

看板の横を通っていくと、さらに細い横道の入り口に立札があり、

『この先、和紙の里。今日は雨の後のため見られません。明日ならば道は通ると思いますが。お泊まりの際にはこちらへどうぞ↓』

ガサッ。

音がして草むらから女の人が顔を出した。頭巾をかぶり、手に袋を持っている。袋の中は山菜がたくさん入っている。

「ホテルはこの先ですよ。予約入れられてますか。もし日帰りのおつもりで来られたのでしたら、もうお昼過ぎていますし、今からでは戻るのも大変でしょう。泊まっていかれて

は？」

少し頭巾を後ろにして、顔が見えるようになった。静かな優しい目だ。

「道も、雨で水たまりというより池のようになっている所もあって。早く乾くとよいのだけれど……。崩れかかっている所もあって、作業の人は呼んであるのですよ。すぐに直してもらえそうですし、ここは水はけもそんなに悪くないですから、明日には大丈夫かなとは思うのですが。石の階段もじきに直ると思います」

少し道の方を見てうなずいた。

「ここはわかりづらくなっているので迷い込んでみえる方も時々いて、泊まりの用意はいつでもしてありますので急な宿泊も可能ですよ。少しだけの休憩もできますし。気に入って泊まりが何日か延びても大丈夫のようになっています。近頃ではそんなふうになりました」

私はお礼を言い、ホテルの方へ行ってみようかと思った。

見上げると先ほどまで青かったのに、空が白い。朝なのだか夜なのだかわからなくなるそんなふうな色だ。ずっと青一色の空だったけれど、木のあいだから見える空がここは白く見える。

「あれは雲かしら」

道は、いったん下がっていたのだけれど、すぐに上りになっている。細い道の先に、男の子がいる。三歳少し前くらいかな。頭に黄色の小学校の帽子をかぶっている。まだ一年生の帽子をかぶるには『少し早いかな』と思うのだけれど、見た目よりお兄さんなのかな？　と見ていると、くるっと向きを変えて行ってしまいそうになったので、

「あ、待って！」

と言うと、男の子が振り向いた。

「ホテルってこちらの方でいいの？」

男の子は、あっち、と言うみたいに上の方を指さした。この辺りの子かな？　お家はどこだろう、と思っていると、また、

「あっち」

と、私の思っていることがわかったみたいに、上の方を指さすとくるりと向きを変え、指し示した方へ坂道を上っていく。

ああ、ホテルの子なのだな、と思った。

その子はどんどん先へ行ってしまう。私は急いで上っていく。

速い。小さな体なのにパワーは私よりもずっと大きく、なんだか悔しい。

『もっと鍛えないと』

その子は立ち止まり、こちらを見つめた。何かなと思っていると、ガサッと音がした。そちらの方を見ると、小さな動物が走っていったのか草が揺れていた。

男の子は、と見ると、もう先へ行ってしまっている。『大丈夫かな、あの子』と少し思ったけれど、なんとなく道に慣れていそうな感じなので、やはりたぶん上の方の、ホテルの子なのだろう、と思った。

草を踏みしめながら上っていくと、ようやく頂上に着いた。縦長の古いレンガ造りの洋館が建っている。白い薔薇の花がたくさん植えてある。その入り口に、『まよいみちこみちみちくさホテル』と書いた白い木の立札がある。

「あ、やはり全部が名前なのだ」

長い名前……面白いの、と思いながらそこを通り抜け、アーチ型の玄関ドアの前に着く。

ノックすると中から、

「はい」

と声がして女の人が現れた。紺のワンピースに白いエプロン、小さな白い帽子のその人

は、

「こんにちは、お泊まりの方ですか？　どうぞ」

開けて中へ通してくれた。

奥には暖炉があり、その前の四角い木のテーブルの所で先ほどの男の子が何かをやっている。見るとブリキでできたおもちゃの三輪のトラックを持ち、タイヤを転がしている。タイヤの丸が均一ではなく、転がすとガタガタいうのが面白いみたいだ。男の子が顔を上げると私と目が合った。

「あ」と私。

先ほどの、と言おうとすると通してくれた女の人が、

「ああ、もう会われたのですか。この子、まだ小学校前なのですけどね、『早く僕も行きたい』と言ってあんなふうにいつも一年生の帽子をかぶっているんですよ。行くのはまだ少し先のことなのですけれどね」

男の子の目線はトラックに戻って遊んでいる。

縦長の窓から入ってくる光が綺麗な建物の造りだ。壁紙は静かな森に一面のブルーベルの花模様。

「あの、お部屋は空いていますでしょうか。今日、泊まりたいのですけれど」

と私。この窓から見る朝はどんなかな、と思った。

ふと窓の下を見ると水瓶が置いてある。ここのはグリーンがかったターコイズブルーだ。

そして小さな白い睡蓮が浮かんでいる。

『あれ？　他のとは違うな。白い花が浮いているのって』

中を覗くと、白く小さな睡蓮の根がずっと奥の方まで繋がっていて、向こう側が見える。

青く青く澄んでいるのだけれど、そのもっと深い所は水色だ。あれは空？　その手前の大きな池には睡蓮が咲いている。そしてそれが根っこでつながっているのだ。

瓶はその家によってさまざまなのだ。


「はい、お部屋は空いていますし、大丈夫ですよ。ここに宿泊のノートがありますのでどうぞお書きください。一泊ですか？　それとも」

問われてそちらへ向く。少し心を瓶に残しながら。すると、

「その水瓶美しい色でしょう。ここのは少し塗りが違っているのです。もともとは和紙の里の手前、睡蓮の地で採れた土で作った物なのです。その小さな睡蓮は水を吸い上げて循

環させて綺麗にしてまた返す、そうしているようですよ。ずっと遠くの池へ。向こう側の睡蓮もまた水を循環させて綺麗にしてこちらへ。だからここの水は透明なままで、そしてなくならないのです」

微笑んで、もう一度言われた。

「お泊まりは一泊ですか」

「それがまだ決めていないのです、まず一泊お願いしたいです」

「わかりました。延期になるようでしたら、またその時にそうおっしゃってくださいね」

はい、と書き終えると、

「二階へ上がられて左の突き当たりになります」

細長く美しい鍵、持つところが高い山の紋章のようになっている、を受け取り、緩やかな木の階段を上り二階へ。建物自体とてもアンティークでなんだか懐かしい感じがする。天井や壁の絵、青い落ち着いた花模様の壁紙を見ながら進んでいき、いくつかの部屋を通り過ぎ、突き当たりの部屋のドアを先ほど受け取った鍵で開ける。

ガチャッ。

細めのこぢんまりとした、でも奥行きのある不思議な感じの部屋が現れた。静かなトーンのグリーンに白いレースのようなカラスウリの花模様の壁紙。アンティークなドールハウスみたいだ。突き当たりの縦長の窓と右横の小さい窓は開いていて、風が白いカーテンを揺らす。「綺麗だなあ」と部屋の中をぐるりと見て、リュックを窓際のまるい木のサイドテーブルに置き、窓から外を眺める。木々のあいだから畑が見え、その向こうに光っている所がある。光が水面に当たっているためのようだ。あそこが雨でできた池かしら、と見ていると、

コトン。

部屋のドアの外で音がするのでドアの所へ行き開けると、先ほどの男の子が立っていた。手にツタで編んだ小さな丸い籠を持っている。中にはあめやチョコレート、黒糖など、個別に包んだお菓子が入っている。

「ありがとう」

こくんとうなずき渡してくれた。胸のポケットの所に、先ほど遊んでいた三輪トラックのタイヤの金具の部分がきゅっとひっかけてあり、トラックを大きなブローチみたいにぶら下げている。

『一緒に来たかったんだね』

と微笑む私。

少し後ろからカチャカチャと音がして、先ほどのホテルの女の方が銀のお盆に水差しとコップを運んできてくれた。私がサイドテーブルの荷物をいったんベッドに移動させると、そこへ置いた。

「朝夕とも食事は七時になります。お昼もお付けしましょうか」

辺りに食事のできそうなところはないようなので、

「はい、お願いします」

「わかりました。十二時三十分頃でよろしいでしょうか。何かご用の際には大抵いつもフロントか奥の部屋におりますので、お声を掛けてくださいね」

軽く挨拶をして二人は出ていった。

荷物を縦長の小型衣装タンスの中に入れ、外へ行こうかなと思った。

『ここは風変わりな所だ。何もかもが古く落ち着いた感じがする。ここだけではない、この尖った崖山全体がそうだ。変わった様子で、でもそれが普通。皆が自然に暮らしている。とても気持ちにしっくりくるのでうれしい』

そう思いながら階下へ行こうとしていて階段の途中で一階の方を見ると、フロントの人はいないが、入り口の所に誰か二人来ていて、あの男の子が応対していた。一人は梨模様のワンピースの女の子、もう一人は薄いグリーンの梨色の服。先ほどトマちゃんと一緒の時に見た水の向こうのあの子たちだ。その男の子の方が、持っていた大きく瑞々しい梨を、はい、と渡している。

「四個もらったの。一個あげる。切って皆で食べてね。もう一個は綿あめの兄弟にあげるの。僕たちも一個。後は育ててたくさんにしたら、また持ってくるね」

「ありがと」

男の子は受け取ると、お客さん用のお菓子の籠を持ってきて、はい、と渡している。

二人は手できゅっとひとつかみしてポケットに入れた。

「ありがと。今遊べる？」

「今、お母さんちょっと畑に野菜採りに行っているの、僕お留守番だから。また今度ね」

「うん、わかった」

じゃあね、と帰ろうとした時、二人は階段から下りてくる私に気が付いた。女の子の方が、

「あ」

という顔をした。

さっきの水たまりの所の、とでも言いたそうだった。

「こんにちは」

と私が言うと二人も「こんにちは」と返す。女の子は男の子の方を見て、

「あの時、水の向こうにいた人だ」

と言った。

水の向こう？　あの時、水の向こうにいたのはあなたたちだと思ったのだけれど、でもそれは私の方だったの？

そうして二人は帰っていった。先ほど二階の部屋の窓から見た、光の集まる池の方へ。

玄関ドアの所で二人の後ろ姿を少し見ていたが、隣でホテルの子が、

「梨、僕好き」

と手に持っている梨を見つめているのにちょっと気を取られ、また帰っていった二人の方を見た時には、もうずっと先へ行っているところだった。

フロントの横の細いドアからホテルの女の方が帰ってきた。野菜や調味料などのさまざ

まな食材を入れた袋を持っている。それをドサッとフロント横の荷台の上に置き、冷蔵品を取り出しながら、

「ああそうそう、今途中でまなびやの新しい先生に会ったのですけど、道を間違えてしまったらしくて。なんでも途中で男の子たちに教えてもらったけれど、それでも道に迷ったとか。ここややこしい所があるから。『もう今日はどこか近くで泊まって明日まなびやに行こうかな』と言うものだから、こちらの方へご案内しました。じきに来られると思います。つまりもう一人増えるということです。今から夕食を一人分増やして準備をしてきますね」

そう言って出ていこうとしていた時、

「あら」

男の子の持っている梨に気が付いた。

「ナッ君とシナちゃん来たのね。梨いただいたの、よかったわね」

こくん、とうなずく男の子。

「後からみんなで食べよ」

男の子は梨を渡すと外へ行った。

一階のロビーに冊子などが置いてあったので、少し座って見ることにした。どこの待合室でもよく置いてあるような雑誌や書籍、絵本数冊なのだけれど、中には風変わりな本もあった。『どうすれば青くなる』『水の向こう』『縦にも横にも斜めにも』とか他にもそんなふうな絵本が何冊かあるのだ。その一つを手に取ってみる。

『どうすれば青くなる』

雲を作る人たちがいる。つい作りすぎてしまい、たくさんの雲が風で飛ばされ流れていく。それは木々の上の方に引っ掛かり、空は空で雲がぎゅーぎゅー押し合って雲だらけで白くなる。高い木の上に引っ掛かった雲は、木に登って棒で外さないとね。空の雲は、長い長い棒で、少しだけ残して後は取ってね。そうすれば元の青い空なのさ。そう主人公の男の子に男の人が言っている。二人は高い木に登り、雲を外している。その男の子の背格好がなんだかここの男の子に似ているなあと思いながら読む。

本を戻し、次は、

『河童の川流れ』

河童はきゅうりが好き。そして相撲大好き。とっても強いんだよ。大会があるといつも相撲をとりにやってくる。小さな河童たちは同じ年頃の子と遊びたいんだ。でも、天気が良い日などに取っ組み合いをしていて、だんだん日が高くなってくると、「あーっ！　かわくぅ」と言いながら頭を押さえて急いで川の方の家へ飛ぶように走って帰ってしまう。滑って転んであわてて流されないようにね。

次の本は、

『水の中の学校』

その学校は一階の下にまだ部屋がある。そこの部屋は海の中なのさ。窓の向こうは海。見ているのはどちらかな。こちら？　それとも魚が私たちの方を見ているのかしら。

『水の向こう』

覗くとずっと深くにある。どうやったら行くことできるんだろうね。いや、そんなことは考えなくてもいい。雨が降って池や湖になれば自然と遊びに来てくれるのさ。こちらからも行けるしね。

『縦にも横にも斜めにも』

広がるんだね、この地図。そりゃそうさ、通り一遍ありきたり、奥行きがないとつまらないじゃあないか。

「うん、それは確かにそうだ」

私はそう納得して本を閉じ、元へ戻した。

先ほどからお豆のスープの匂いがしてくる。買い物袋の中の物を料理しているのかしら。ここは、フロントも掃除も料理もみんなあの人がされるのかな、大変だな、私も何かお手伝いしようかな、ってご迷惑かしら、と思っていると、フロント奥の細長いドアが開いた。その先にあるもう一つのドアも開いていて向こうが見える。

そこは調理場だった。中から女の方が出てきた。このホテルに来る前に会った山菜採りの方だ。頭に白い三角巾をかぶり、エプロンをしている。その人は私に気が付き、

「ああ、先ほどの方。いらしてくださったのですね、ありがとうございます。今お作りしていますから少しお待ちくださいね。今日は良いのがいろいろ採れたんですよ」

と会釈して台の上に置き忘れている小さな袋を持って中へ入っていった。

二人でされているのかな、そういえばお顔が似ている、母娘かな。

なんだか楽しそうだ。

「木を切る人」

バサッ。

外で音がする。なんだろうとホテルの玄関ドアを開けると、バサバサッ。こちらにたくさんの木の枝が押し寄せてきた。

「いやあ、ごめんごめん、木を切ってきたんだ。あれ？　誰もいないのか」

フロントの方は奥で調理、男の子は外へ行きました、と私が言うと、その木こりのような大柄な男の人は、

「ああ、そうか。じゃあここへ置いておくかな。いや、待って、向こうの木の所へ立てておくか。しっかり固定しておかないと。必要だと思ってね、切ってきたんだ。細い枝の部分は暖炉で燃やせると思ってね、持ってきたんだ。まだ少しやり残したことがあるので出てくる。隣接して保育園も作らないといけないし、皆で使う体育館も建てたいし、ツタの橋もいくつか架けないと。皆で総出になるな。小学校、隣に中学校、その奥の方に高校も造っていてね。大学もだよ。どこからでもどこへでもすぐに行けるようにって楽しそうだ。

そう伝えてください。泊まりの方だね」

「はいそうです」

「来ていただいてよかった。なかなかここまで来られないんですよ。ちょっとわかりづらいからね。ではどうぞごゆっくり」

そう言って出ていった。

大きな木、まるでクリスマスに父親が家族のために森から切ってくるモミの木のようだ。

外へ出てホテルの周りを散歩していると、話し声が聞こえてきた。そちらの方へ行ってみると、先ほどのホテルの男の子が、綿あめの所にいた兄弟と話している。

「ごめーん、僕たちの雲あまり上手にできなくて、こちらの方まで流されてきちゃったんだね。大丈夫かな。僕たちもまだ片付けが残っているものだから、それが終わったら、ここへ来て片付けするからね」

「うん、僕だけでもなんとかなるかもとも思うけれど、一緒にやろうよ。その方が楽しそうだもの」

「うん、いいよ。あ、そうだ、まなびやの新しい先生も手伝ってくれるって。さっき道で会ったんだ。迷ったらしくてうろうろしていたから話し掛けたの。僕ね、方角示す矢印の立札、いくつか作ってあっちこっちの道端に立てておいたんだよ、だって面白いもん。『こっちかな？　あれ、違った、こっちだ。いやいやまた違うこちらだな』ってね、迷わせるんだよ。あ、でもね、人が来るってあまり思わなかったものだから。いたずらしちゃったの。少しだけは思ったけど。『迷わせてしまってごめんなさい』って言ったら『いいよ』って。あの先生いい人だよ、怒らなかったもの。だからこちらのホテルのこと、教えてあげたの。あの後わかったかな。ちゃんと着けたかな。ここ初めての人にはわかりにくいんだもの。でもなんだか面白い先生だった。あの『綿あめアライグマ』みたいにぼさぼさの頭してた」

楽しそうに話しているので私はそこを静かに後にした。

歩いていくとここの山は結構高いということがわかる。周りにある尖った山々の頂上はほとんどここより少し下に見えるもの。少しずつ高い所に来ている気がする。最初の仙人みたいな人たち、キャベツの畑、雲作りの祖母と兄弟、めりさん、ホテル……、少しずつ標高が高くなっているようだ。でも一番高いというのでもなく向こうの方にもっと高い山があり、上の方は雲がかかっている。

ふと、地図を出してみる。どんなふうに変化しているのかなと思い、持ってきたのだ。

すると、広げた地図の裏側に、薄く向こう側が透けて見える水色の紙が継ぎ足してある。

『水の向こう側の子たち、青い世界が広がっている』

青の濃淡で景色が描かれている。美しい世界。そして元の私の道。

『山菜の山、たくさん採れるおいしい山の幸』

頭にかぶり物をした女の人が山菜を採っている絵だ。おや？　よく見ると誰か旅の人と話をしている。どうやら道を教えているようだ。旅の人は、さらさらの気持ちのよさそうな服。リュックに歩きやすそうな運動靴。髪を後ろにきゅっと束ねて、地図を片手に……、あ！　その人は、

「私？」

いつの間にか、私も物語の中に組み込まれている。

道の入り口の看板には、

『高い位置のアンティーク縦長ホテルはこちら』

長い窓から美しい少し陰った光。

『木を切る人。普段はどこを歩いているのか、きっとみんなの暮らしを良くするために働

いているんだね』

木々の中で作業をしている大きな男の人の絵。

どんどん継ぎ足されて大きく広がっている地図。しかも自分まで登場して、中に入っていて。

「面白いの」

私はうれしくなって地図を丁寧にたたみ、リュックにしまった。


「食事ですよ」と呼んでくれるまで、ホテルの近くを散歩した。

戻った時、先ほどの「木を切る男の人」に言われたことを言づてすると、

「ああ、夫です。取り掛かるのですね、隣接した保育園の方も。高校も造るらしいです。大学は一つ向こうの山に。そしてツタの橋で繋げる。楽しみにしているのですよ、どこからでもどこへでも行けるようになる。小さな子も大人も皆」

と微笑んだ。

豆とたくさんの野菜のスープ、トウモロコシと雑穀のご飯、鶏のハム、トマトのムースにレモンの砂糖漬け添えなど、おいしくいただいた。もう一人泊まり客が来ると言ってい

たけれど、食事は私一人だった。今日は早々に支度を終えようかな。明日は早く起きて朝の光を見たいもの。そう思い、早めに休むことにした。

「くもはずし」

「……」

夜中にふと目が覚めた。外で話し声がする。何かなと思い、もう一度よく聞いてみると、

「よいしょっと」

「うん、上手にくくりつけてくれたんだね、君のお父さん。この元木、枝が少ないからなかなか登れないのだよね。でもこうやって枝の多い他の木をくくりつければすんなり登ることができる。こんなふうにね」

「うん、僕のお父さん、こういうの得意なの」

昼間の男の子たち三人と、大人の男の人が木の上の方にいる。その様子が、まるで映像で見ているみたいにベッドの上にいてもよくわかる。

大きな木に、同じくらい背が高く枝の多い木がくくりつけてあり、その枝を使って上の方まで登っていったのだ。

「ああ、待ってて、そこで。僕がやるからね。その枝の所で椅子みたいにして座ってい

て」

大人の、ぼさぼさの髪の男の人が長い棒で上の方をつついている。その先には少しくたびれた綿のようなものが、くたんとひっかかっている。

『なんだかアライグマに似ている。木登り上手そう。それにアライグマだったら、あの綿洗うのも上手だよね』

くすっと私。

「うんっ、よっと、よし外れた。じゃあ、下ろすよ」

外された白い綿雲は下へぽそっと落ちる。

「うーん、もう少し飛ぶ葉の元が多い方がいいみたいだね」

「うん、僕が混ぜたのほとんどだめだったみたい」

「あれは割合がなかなか難しいんだ。でもだんだん上手になるよ。これは一度ざぶざぶと丁寧に水洗いして。そうすると繊維の長いものは残るから。きゅっと絞って広げて乾かして、もう一度綿あめと混ぜよう。そうするとたぶん浮かぶんじゃないかな」

その人が言った。あれはたぶん「まなびや」の新しい先生だ。私が眠った後、知らない間に着いたのだ。

「みんなで洗おうね」

「はぁい」

三人はうなずいた。

雲は次々と外され、満天の星になった。

「綺麗だねえ」

三人の小さな子と大人が一人、木の上の方で夜空を見渡し、しみじみとつぶやくように言う。

「ほんと、綺麗」

と私もつぶやくと、あの綿あめのお兄さんの方がくるっとこちらを見て、

「うん！　綺麗でしょ」

とにっこりした。

『あれ？　聞こえてた』

五人皆で顔を見合わせ笑い、星空を見る。

顔に光が当たる。朝の陽だ。

目が覚めて、

『あの後、綿雲はざぶざぶと洗って浮かんだのだろうか』

ふとそんな考えが浮かんできたのだけれど、起き上がって身支度を調える頃にはもう忘れていた。

階下に下りていくと、朝の陽が縦長の窓から差し込んでいて美しく、まだ誰もいなかった。

「おはようございます」

奥の方からホテルの人が出てきた。

「おはようございます」と私。

「お早いのですね。昨日遅くに新しい先生が到着されて、何やら夜中に作業をされていたらしく、疲れているので今朝は起きてくるのが遅くなりそうだと言っていらして。食事はこれから作りますので少しお待ちくださいね」

「はい」と、朝の青い光の中、ロビーに座った。

外に昨日の高い木はもうなく、葉だけがたくさん落ちていた。いくつかの水たまりももうなくなっていたので『今日は和紙の里まで行けるのかな』と思った。

「もう一泊したいです」と言うと、

「はい、わかりました。新しい先生と話されても楽しいかもしれません。なんだかいろいろな所へ行っておられる方のようで」

少しの間外出するけれど、戻ってきた時起きてみえるかな？

里の方を見に行ってみよう、と外へ出た。

「和紙の里」

昨日は通れなかった細い道が今日はきちんと直してあり、もう大丈夫のようだ。進んでいくと、木を平らに切って繋げて作った長い橋があって、そこを渡って行くようになっている。入り口に木の看板がある。

『この先しばらく湿地が続きます。左右ご覧になりながら橋の上をお進みください。今の時期、水芭蕉が綺麗です。奥には睡蓮の池、白い花が今年は美しく咲きました。そしてさらに進まれた所に和紙の里があります。どうぞごゆっくりとご覧ください』

橋の上に踏み出す。簡素な作りの細い橋だ。少しグラつく感じがするけれどこのまま行こうと思った。足元は一面の湿地帯。手前の方にハエトリソウ、モウセンゴケ、などがある。食べ物をとるために、動くことのできない植物の茎が粘着性になっていて虫がくっつくようになっている。そうして自分の体に取り入れるのだ。長い間かけてそんなふうに進化したのだろう。以前、湿地の食虫植物を自分の家の庭に植えたことがある。もちろん湿地ではなく普通の庭だ。水をあげたりなどしてしばらく見ていたのだけれど、何日か経ち

他にするべきこともたくさんあり、そのまま忘れてしまっていた。久し振りにふと思い出したので見にいったら、

「あ！」

植物の形が変化していた。ベタベタとした粘着の部分がなくなり、普通の茎の植物になっていたのだ。環境に適応して変わったのだろう、生き残るために。すごいと思った。

歩いていくと向こうの方に白い花が咲いていて、地面が光っている。水面に光が当たり光っているのだ。

一面に水芭蕉の花が咲いている。それはとても綺麗だった。私は木の渡し道の上を歩いていく。前も横も全面に白い花。なんて素敵なのだろう。しばらく見ながら行くとさらに向こうに池がある。水芭蕉が終わるとそこは白い睡蓮だった。池に睡蓮が浮かぶように咲いている。花びらは少し透き通り半透明で、重なった部分の後ろ側の花びらが映っているように透けて見えて美しい。

さらに少し先に行くと水の青い色が濃い所があり、見てみると、そこだけ水が深くなっているみたいだった。白い睡蓮の根がずっと奥の方まで続いていて、出口があり、そちら

にも小さな睡蓮が咲いている。まるい小さな池のような出口だ。

『ああ、あれはホテルにあったターコイズブルーの水瓶の中だ。こんなふうに繋がっているのだ』

ポチャン。

何かが落ちて小さな波紋ができ、向こうは見えなくなった。

「ここは全体が水瓶なのだ」

こんなに大きいのだもの。水もなくならない。


橋を進んでいく。

湖一面の真っ白な花。

誰もいない。

静かに咲いている。

ふと不思議な感じがして立ち止まった。少しの間見つめていたのだけれど、はっと気が付き、和紙の里の方へ行こうと思った。

そこからさらに細い道を進んでいく。一気に広がる目の前の畑。

一面に咲いている和紙でできた花。

くるくるくると手で丸く巻いたようになっていて、上の方はメガホンのように少しひらいていて、先が薔薇の花びらのようにくるんと丸まっている。高さ一メートルくらいの花。まるで大きな水芭蕉みたいな形だ。

それが地面から直接、花だけが咲いているのだ。

茎も葉も何もない、ただ和紙の花だけが咲いている。

「変わった形の花だな」

と近くへ行ってみる。手で触れると、

「ああ、やはり和紙だ」

薄いグリーンの濃淡のものや上の方が薄紅がかったもの、繊維の模様の美しいものなど、さまざまな色の花が、ほぼ等間隔に畑全体に咲いている。

「綺麗だなあ。どうするのかしらこの花」

と見ていると、少し向こうにいた農作業の人が、

「どうするのかって決まっているじゃないですか。子どもの服を作るのですよ。自然の物なので繊細な子どもの肌にも安心ですし、柔らかくさらさらで動きやすくていいのです。少し持っていかれますか」

と、微笑んで言われた。

私は裁縫があまり好きではなく、

「作れないんです」

と言うと、

「何言っているんですか、いいのですよ、ハサミでチョキチョキ切って自然の物で作ったノリでくっつけるんです。素材もノリも結構持ちますし、何度も洗うことができます。私の娘もそんなふうにして作っていますよ。針仕事が苦手な人でも大丈夫。大人の物でも小さい物なら作れますよ。どのみち子どもはすぐ汚すから簡単にすればいいんです。私は針で縫うのですけど、最近の人は、あの子もそうですけど、そんなふうにやらないから。でもいいのですよ、どんなふうでも子どもの遊び着やいろいろな物が作れるのですから、あそれから」

少し先へ向き、

「あちらの和紙は素材が良いです。今年は美しくできました。地模様がレースのようでショールにもなりそうですよ。見て行かれますか。そうそう、女の子のブラウスを作りたい、と言っている人がいるので、こちらのなんかいいかしら。もう少し日にちがかかりそうね。まだ少し小さいもの。間に合うかしら。もし間に合わないようならばあちらの優雅な花柄のもいいわね」

と言った。そちらへ行き見てみると、花が重なったようになった地模様になっていて、どちらも本当に美しかった。

「旅の方ですか」

「え……と、実は私、行く所があってここまで来ました。でも案内の写真で美しい場所を見て惹かれて、他の所もよく見てみたいと思い、早くに出てきました。ですから、はいそうですね、旅でもあります。どちらかと言いますと、『旅』の方が比重が重くなりつつあるかもしれないです」

「そうですか、それはよかった。ここは来るのはなかなかややこしいですけれど、着けばとても良い所ですからね。皆それぞれの役割があり、それをしていくうちに認められ認め合いながら理解していきます。時にはさまざまな現象に巡り合うこともあります。それもまたよいです」

「はい」

と言い、景色全体を見ていると、気持ちのよい風が吹いてきて和紙の花が揺れた。

「少し持っていかれるといいわ」

と、その人は美しい透かしの三枚を選んで摘むと、くるくると巻いた。そしてポケットの中からツタの紐を取り出し、結び、こちらへくれた。

お礼を言い、その場を離れた。

帰りの道々、空を見上げると、青い色が少し濃い。ここは今まで通ってきた所よりもさらに少し高い位置にあるのだろうか。

空の色の移り変わりを見つつ、風に吹かれながら歩いた。

「まなびやへ行く人」

ホテルに戻ると、ロビーに昨日の「まなびやのアライグマみたいな新しい先生」が座っていた。いい香りのするお茶が小さなテーブルの上に載っている。

「ジャスミンティー」

声に出して言った。以前南国でホテルの人に、庭の白いジャスミンの花をなんの変哲もない普通のお茶用のカップに入れてもらったことがある。お茶の中で白い花がふわりと咲いた。あれは本当に綺麗で素敵だった。むせるような南国の花の香り。

新しい先生はこちらを見て、

「ああ、前から泊まっていられる方ですね、こんにちは。和紙の里へ行かれたのですか。美しい地模様ですね」

私の手に持っている和紙を見ながら言った。

「はい」と言い、近くの椅子に、「ここよろしいですか」と座ると、和紙の里はとても美しかったことなどを話した。

「良い所のようですね。僕も後から行ってみようと思っています。まなびやへはそれからにしようかな、と」

「まなびやも楽しい所でした」と言うと、彼はうなずいて、

「まなびやの子どもたちが入学する小中学校へも行かないと。隣接して保育園も建てるようですし、もっと上の学校も。大変いいです。僕はいろいろな所へ行ってきたのですよ。けれど、ここみたいな所はなかったな」

「ああそうだ。平地の果ての海の手前もなかなか良い学校があったな。変わった造りの校舎で一階の下にも教室があってね、ガラス張りになっていて、まるで海の中にいるみたいだった。いや、水族館、かな。こちらから見ているんだけれど、本当は見られているのはこちらかもしれない、そんなふうな気がしてくるんですよ。魚が集まってこちらを見たりするものだから、不思議な気持ちになってくる。中には大きな魚がいてね、まるで他の小さな子たちに教えているみたいだった。『ほら、あれが人間よ。近寄ってはいけませんよ。つかまってしまうの。よく覚えておくのよ』『はぁい先生、わかりました』なんてね。水の温度で夏でも涼しくてね。たくさんの自然物・自然環境のおかげで、そこでは普通ではできない採集や実験なんかもできて、生徒たちも喜んでいたな。条件が揃えば蜃気楼も見

える。ああそうそう、次に行った川の近くの小学校もよかったな。一人面白い子がいてね。相撲とか取っ組み合いの大会が好きで、普段はあまり見かけないのだけれど、大会になると出てくるんだ。大きい子たちの中に入って相撲をとるんだよ。強くてね。しかも曇りの日に限って来るんだ。一所懸命の横顔が、少し口が尖っていて可愛かった。日が照ってくると『あーっ！　かわくぅ』と言って何をやっていてもすぐにほっぽりだして帰ってしまうんだ。川の近くの家らしいんだけどどこなんだろ、川の近くに家なんてあったっけな？　時々人の畑に入ってきゅうりの植えてある所でじーっと見つめているものだから、『どうかしたのか』と聞くとハッとした顔で、『ううんなんでもない』って言うんだ。きゅうりが好きだったのかな。あの子、なんだったのかな」

最後の方は独り言のようにつぶやき、遠くを見つめて思い浮かべているようだった。

「僕はね、学校へも行くのだけれど、その前の段階の『まなびや』のような所が好きなんですよ。まだ定まっていない心の柔らかいさまざまな子どもたちがいて、突拍子もないことが起こる。だから今回の赴任先、というか自分で希望したのですけれどね、もうそろそろ戻ろうかな、と思って。まなびやはとても楽しみなんですよ。いろいろな場所の良い所をたくさん見てきて、楽しくてためになりましたし『もっとこうすれば』というふうな所もあり、僕自身も学びながら、そうして戻ってきたんですよ。もともと僕はここの生まれなのです。生まれ育ったここをもっともっと良い所にしたいと思いましてね」

ここで一息して、

「ところで先へ進んでいくところだとか。今はまだいろいろ見ているのですか。旅の途中なのかな?」

「はい」と私。

「前いた所よりも、ここに近づくにつれ空が少しずつ青みを増しているので、ここは高い位置なのですよね、きっと。とても綺麗。それは目的地に近づいているということかも」

最後の方は自分自身に確認するかのようにぶつぶつとつぶやくように言う。

「そう、それはよかった」

新しい先生は、微笑みながら腰を上げ、

「そろそろ見に行ってみようかな。和紙の里ってどんなかな」

そう言いながら、では、とカップをフロントに戻し、外へ向かった。その後ろ姿を見ると、頭の上横が巻き毛が強く、くるんと跳ねていて耳のようになっている。髪の先の所が少しこげ茶色。やはり、

『アライグマみたい』
と思った。
そういえば、めりさんの所へ来た水瓶修理の人も床下にアライグマがいるって言ってい
たけれど、こんな感じかしら。ふとその後ろ姿に声を掛けてみたくなった。
「その子には厚地の帽子をプレゼントして水で湿らせてかぶせてあげたら、頭が乾かなく
ていいかもしれないですね」
するとと先生は少し立ち止まり、
「うん、今僕も同じこと考えていたよ。また今度行くことがあるから、その時にはきっと
そうしてあげようかな」
そう言って、そのまま出掛けていった。

サーッ。
雨が降ってきた。天気なのに音をたてて降ってきた。先ほどの先生は空を少し見上げ、
ポケットからくしゃくしゃの帽子を取り出して整えながらかぶった。
「狐の嫁入りだな」

そうして立ち去って、見えなくなった。

雨は時に美しい。
高校生の頃、私は傘をあまり持っていかなかった。
途中で雨になり、よく濡れた。
「大したことはない」
そんな気がして、持たずに出て、よく雨に当たったのだ。
ある時、学校の帰り道でのこと。
雨つぶがだんだんたくさんになり、景色全体が煙るようになっていった。
そこは古い駅で、何年も時の経ったその感じが好きだった。
石を積んだだけのホームと木を組んだ屋根、簡単な造り、ボロの駅。
右の向こう側から、電車がやってきた。
雨に煙った中をぼうっと灯りをともすみたいにやってきたのだ。
大きくカーブを曲がった所で電車の光は正面からこちらを照らした。
私の数メートル前に女の方が一人立っていた。

電車の光が雨に濡れた彼女に当たり、逆光になって、輪郭が銀色に光った。

雨に煙る駅に立ち、
向こう側から来る電車を見ていて、
手前にいる人のシルエットが、
銀色に光り、とても綺麗だと感じたことがあります。
私が高校生の時でした。
でもその美しさには少し物哀しさもあります。

ホテルの入り口に立ち、そんなふうなことを思い出していると、やがて、雨は止み、また青い空が広がった。雨の後の空は洗い流されたように澄んでいて綺麗だ。地面に落ちた水が天に昇っていくような感じもする。
ホテルの男の子が向こうの方の畑の手前、大きな葉の下で空を見上げている。じっと見ている。
「龍を見ているのですよ」

後ろの方でホテルの人が言った。

龍？　そちらの方を見ると空の高い所に向かって白い雲が細長く伸びている。まるで天に昇っていくようだった。

「雨の後は地面に落ちた雨水が蒸発して天へ昇るでしょう。その時白い雲があったなら、それは水の神、白い龍が昇っていくのだと小さな時、昔話を読んであげたことがあるのですけど、その夜に夢で見たらしいんです。白い龍が天へ昇っていくのを。それから時々あんなふうに雨の後に空を見上げていることがあるのですよ。『いつか出会いたい』あの子はそんなふうに思うんですね」

男の子は、今度は畑の横に植えてあるきゅうりを見ている。

「あら、今度はきゅうり。一人、時々やってくる子できゅうりが大好きな少し口を尖らせた子がいるんです。気が合うみたいで。その子にあげるのね、きっと。帽子もお揃いのをプレゼントしたいと言うものだから、山の上の雑貨屋で注文してあるのですよ」

ふふっと微笑みながら奥の方へ朝食の支度に行った。

ロビーに座っていると縦長の窓から外がよく見える。ここは山の中腹辺りの少しひらけた場所にあり、周りはトキトキと尖った崖山がずっと続いている。でも崖だけというわけではない。草も木もあり、途中には山に沿って段々畑もあり、湖もあり、自然が豊かだ。こんなふうにして「気持ちがよいなあ」と見ていると、時がずっと経っていきそうだ。

朝食は、白いお米のもちもちしたパン、採れたて野菜のサラダににんじんドレッシングがけ、豆腐の味噌漬けに黄身を載せシソを添えた物、デザートはトマトのショウガシロップかけ。気持ちよく、とてもおいしくいただいた。

少ししたら用意して今日は出ようかなと思った。ホテルの方にそう言うと、

「ああ、行かれるのですね。まだ少し距離がありますものね。でももう少しで橋ができるので、ずいぶん近くなりますよ。どこからでもどこへでもツタの橋で行くことができるようになるのです。皆、楽しみにしているんです」

『それはどんなのかな』

ツタの橋の架かった情景を想像してみた。とても素敵なことだと思った。

コンパクトに荷物をまとめてフロントに行き、鍵を渡す時に、別の荷物、たぶんまなびやの先生の物、が置いてあった。よく使い込まれたアンティークの革のトランクケースとサブバッグ。あれを持ってどこへでも行くのだ、どこまででも。

外へ出ると青い空が広がっていた。そこを歩く。

前の畑を過ぎる時にホテルの男の子がいた。その肩に何か白い紐のような物が掛かっている気がしたのでよく見ようとすると、それは、すうっと上へ昇る感じがあった。もう一度よく見ると何もなかった。けれど空には白い龍の子のような細い雲があり、口を開け、手足を動かして高く昇っていくように見えた。たぶんこれは普通にはあまり見えない物かもしれない。たまたま私が考えていたところにいつか見た記憶の映像と重なった、ということ?

それとも、もしかすると、

「私も彼と同じものが見えるのかもしれない」

その向こうの細い山の道を行く。その道に入った途端、今までとは違い、風が冷たく空気の流れ方が違う、そんな感じがした。

崖の細い道、両側に生えている草から風の流れる音がする。

くすくすくす。

微笑みながら話す声が聞こえたので、向こうの方の草むらを見ると、女の子が二人でいる。

素敵なキャベツの葉のドレスにクモの糸のレース、和紙のレースのショール。髪を一人は二つに結わえて、もう一人は一つに束ねている。

うーちゃんとトマちゃんだ。

「用意ができたのね。とても素敵」

二人は顔を見合わせて微笑み、

「今から練習なの」

「あの頂上の手前の岩の出た所、何か飾り付けがしてあるように見えるけれど、あそこで行われるの？」

はい、と二人はうなずき、そちらの方へ向かった。

可愛らしく生き生きとしている二人を見て、私は、私の道はこのままでいいのか、ふと気になって地図を出して見る。すると、

『二人は催しの練習に。自分はこのようでよいのかと考えなくても大丈夫。進んでいくうちにだんだんわかってくるものだから。真っすぐもよし、横道に入るもよし。甘い匂いにつられて〝こっちのみーずはあーまいぞー、もぐもぐ〟もよし』

少し横に道ができている、またちょっと広くなっている地図。

「ふむ」

なんだかよくわからない。でも、なるほどとも思える。そんな感じだ。

静かに地図をたたんでリュックにしまった。

「お菓子横丁」

風が吹く。どこからともなく甘く香ばしい焼き菓子の匂いが漂ってきた。

どこからかな？　辺りを見ても草と木と、後は何もない。

「誰もいない、だーれも」

つぶやくと、

「いるよ」

子どもの声。そちらを見ると、
パタン。

蓋を閉じるような音がした。誰もいない。あれ？　どうしたのかな。隠れてしまった。

恥ずかしいのかな。

「どこに？」

と言いながら、音の方から目をそらしつつ瞳の端は視界に入るようにしていると、盛り
上がった草のかたまりのあちらこちらから、

パタン、パタン。

まるい窓が二つ現れて開き、甘いお菓子の匂いが漂ってきた。ゆっくりそちらを見ると、草で覆われた蓋のようなまるい窓から、可愛らしい小さな子どもたちが顔をのぞかせている。

「だあれ？」

最初に開いた窓の男の子の後ろから、さらに小さな女の子が顔を出した。

「ここ、お菓子屋さんです」

「上へ行かれる時に、お手土産にどうぞです。長い道のりに持ち歩くのは重たいもの。ここは、あと少しで着くというちょうどよい位置でしょう。皆さんここで買って持っていかれるんです」

と男の子。

「こっちのみーずはあーまいぞー屋さんです。寄り道していってくださぁい」

女の子が言う。

「買ってくださーい」

他の窓もパタパタ開いて、子どもたちが顔を出した。八つほど窓がある。そこからさまざまな子どもたちが顔をのぞかせている。

子どもたちだけなの？　お母さんは？　大人は？　と思っていると、

「大人たちはいろいろな準備で忙しいのです。だからお店は今日僕たちだけなの」

「くださいなっ」

後ろから声がしたので見ると、あの綿あめの男の子たちがニコニコしている。

兄の方は手に木の棒を持っていて、その先にくっつけているのは「もへじ」さん。クモの糸でぐるぐる巻きになって、なんだか困ったような顔をしている。兄の方が私の視線に気が付いて、

「あ、この子ね、同じ所にいて、同じ物ばかり見て、つまんないかなー、と思って連れてきてあげたの。ちょうど糸もあったから、くるくる巻いて、落ちないようにね。大丈夫だよ、上に木や草があるから。一番良さそうな所へ行ったらほどいてあげるから」

くすくす、いたずらっぽい目。うーん、面白がっているんだね。

困った顔のもへじさん。彼には何も知らせずにくるくる巻きつけたのではないの？

「大丈夫だからね。私がちゃんと見ていて良い場所見つけて移動させてあげるからね」

ホッとした顔のもへじさん。

下の子はというと、彼も左手に何か木の棒を持っている。枝だ。綿あめの時に持っていたもののようだ。その枝に小さな人形が何体かくっついている。布でできた可愛らしい細やかな作りの人形で、枝をまたぐように同じ方向を向いて座っている。細い船に乗って漕いでいるみたいだ。一番前は皆の方を向いて、手を挙げて掛け声を掛けているように見える。オーエス、オーエス。手作りの玩具。けれど半分から前だけだ。まだ完成していないのかな。後ろはこれからのようだもの。

私の視線に気が付いて、上の子が、

「これね、僕たちのおばあさんのお母さんが作ってくれたの、九十少し前の時にだよ。よそからここに来たのだけれど、元いた所でこういうの作っていたのだって。南天の木の枝に八人のおさるの赤ちゃんが乗っていて、前に一人反対向きに手を挙げて掛け声掛けているみたいでしょう。南天の木、難を持ち去るっていう意味、縁起物だって。こちらに来てからも作っていて、ふもとの土産物屋で出しているの。でもこれは、僕たちにくれたの。少し風邪気味だったから半分作りでなんだよ。『あとは治ったらね。誕生日までにまた作ってあげる』と言っていたのだけれど、そのままになってしまったの。半分作りのままなの。黄色の格子模様の着物、可愛いでしょう。僕たち気に入っているんだよ、特にこの子は手に持って離さないの。どこかへ行く時は絶対に持っていくの。でも、壊れないように綿あめの時とか何かの作業をする時には置いておくんだよ。僕も本当は欲しいんだけど、この子、小さいから、先にあげたの」

細い長さ三十センチくらいの木の枝は、細く長い船のようだとずっと思っていたのだけれど、そうではないのね。

『これって可愛いよね。以前にお土産屋さんで見たことある。私も欲しいなと思って見ていたことがあるもの。その時見たのは青い花模様の着物だった』

と思って見ていたら、

「青い花模様の？　言っておいてあげる。僕は紅い渦巻のをお願いしてあるの」

と上の子。

あ、私、声に出てた？

「お休み処もあります。おいしいお菓子食べながらお茶や、あとは、えーっと、牛乳もあります。それからお水も。どうぞお入りください」

最初に窓から顔を出した子が言った。

牛乳？　なんだかこの子たちにぴったりだな、と思いながら、それはこの子たち用に置いてあるのかな、お母さんたちが置いていかれたのかな、となんだかうれしくなり微笑んだ。それと、お水って、すぐに出せて便利だものね。

ツタの絡まったまるい窓の横に花のツルで覆われた木のアーチ型ドアがあり、そこを開けてくれた。中は意外と広く、何もかもが小作りで可愛らしく、小人の国のような子どもたちの部屋だった。

そこに、全部で、一、二、三……八、九人ほどいる。後から綿あめ兄弟が入ってきて私も含め十二人になった。入り口の所に小さな靴がバラバラと置いてある。私は、左横に揃えて置いた。他の可愛らしい靴たちは履きやすい位置にざっと揃えて置いた。床はぬくもりのある木でできている。足にそれが暖かく感じられた。

綿あめ兄弟の下の子は、入り口の所にある台の上にハンカチを広げ、持っていた人形のついた枝をそっと置き、上の子は台の上の植木の所に「棒付きもへじさん」をプスッと刺して「ちょっと待っててね」と言い、上がってきた。ホッとしている「棒付きもへじさん」。

私がまるい木のテーブルに座ると、二人は私の両側に「さてと」と、ちょこんちょこんと座り、うれしそうにお行儀よくしている。小さな女の子が湯飲み茶わんに何か入れて持ってきてくれた。口のふちに白いものが少し付いている。ついでいるうちに自分もほしくなり飲んだのかな。向こうのテーブルの上に飲んだあとらしい空の湯飲みが置いてある。くすっと笑わないように我慢した。その子はすましたお顔でテーブルの上に置いた。

「いただきます」

男の子たちはコクコク飲んだ。「ふぅー」口のふちに白いものが付いている。牛乳だ。お茶かと思ったら。湯飲みに牛乳ってなんかおかしい、なんか可愛い。私はハンカチ二枚を小さなバッグから出して「どうぞ」と渡した。男の子たちはそれぞれ拭いた。

きゅっきゅっ。

すっとすましたお顔。でも目はうれしそう。

やがて、お菓子が出てきた。綺麗にお皿に並べてある。可愛いお顔の動物のクッキーだ。それと、注文していないのに、ほうれん草のお浸しとウズラの卵がコロコロコロと六個。

「あ、こちらはおまけです。体にいいからって、朝、お母さんが持ってきてくれたんです。それをボクたちが茹でました。ウズラが今朝たくさん産んだからって。柔らかいので気をつけてむいてください。小さくて食べやすくとってもおいしいです。よろしければどうぞ」

パンダや熊、うさぎ、ネコ。全部で十二種類ほどある。ちょうど四つずつかなと思った

けれど、横の二人が「うわぁっ」とうれしそうにしているので、
「クッキーの方は二個だけいただいてもいいかな、ウズラは二つずつね。あとは二人でどうぞ」
と言った。二人はにっこりとし、競争するようにぱっぱっと取って食べた。ほんのり甘い自然なお菓子。牛乳も。ほうれん草はかつお節がかかっていて、おにぎりに合いそうだった。ウズラは普通の卵よりも殻が薄いので上手にむかなければつぶれてしまう、と少し苦労した。けれど小さく食べやすい。皆とってもおいしくいただいた。
「こちらもいかがですか」
メニューに手書きの文字で、
『土産物、いろいろあります、できます。
動物のクッキー、
ネコの手形まんじゅう、
お米のたたき煎餅、
雑穀ご飯と玄米のおにぎり、

お水』

私は、たたき煎餅とお水をいただくことにした。たたき煎餅は多めに三十枚ほど。『そのくらいで大丈夫かな』と思ったのだった。私の行く先は何人いるかわからないもの。

「とってもお目が高いです。これは僕たちも作るのを手伝いました。たたいて、ぺったんぺったん、伸ばして焼くのです。香ばしくておいしいです」

「お土産に持っていくと皆に喜ばれます」

と男の子。

「おいしさは保証付きです」

すっと顔を上げて女の子。

誰の？　と思っていると、

「わたしの」

と女の子。彼女はすました顔でそう言うと、奥へ入っていった。

奥の部屋の入り口は白いレースのカーテンが掛かっていて、通る時少し開き、中が見えた。少し大きなお姉さんお兄さんたちが白い三角巾、白いかっぽう着、という給食当番の時に着るような格好で何か作っていた。

やがて先ほどの子たちがお盆に載せて持ってきてくれたたたき煎餅は、不揃いの素朴な形で、焼きたての香ばしいしょうゆの匂いがして、とてもおいしそうだった。お煎餅は口を開けたままの紙の袋に入れてくれた。出来立てだものね、冷めてから閉じるのだよね、これって。お水、『山の水かな』は途中で飲むために。蓋付きのパックのお水も彼らが入れてくれたのだ。

全部を手さげ袋に入れてくれたので、それを持ってそこを出ることにした。入り口の所で棒付きもへじさんが、目の前に誰かが置いてくれたミミズを見つめていた。動ける？食べられる？　と思っていたら、『大丈夫』という顔をした。

「ミミズをこちらまで呼ぶんだ。おいでー、おいでー、ボクの口の所まで、ってね。ほらこんなふうに。おいでーおいでー」

もへじさんがつぶやくように言うと、ミミズは本当にそちらの方へ向かいだした。

不思議なもへじさん。

『あ、そういえば綿あめの兄弟たちは』

と見まわしたけれど、いつの間にか部屋の中からいなくなっていた。どうしたのかな？

と。

と外を見ると、少し向こうの木々の青くなっている所に、誰かと一緒にいるのが見えた。髪を後ろに丸くまとめて、作業用のかっぽう着を着ている。男の子たちの祖母か、いえそれよりももっと上の年代の方だ。先ほど話していた人「おばあさんのお母さん」だ、きっと。

その人は「はい」と木の枝を渡している。うれしそうに受け取る弟。兄弟たちは「ありがと。また来てね」と言いながら手を振り、少しの間見ていて、やがてこちらに戻ってきた。そして、入り口のドアを開けると手に持っていた木の枝をうれしそうに差し出した。

「あ！」

全部揃っている。半分だけだったのが残りもちゃんとできていた。

「おばあさんのお母さん」は？　と見ると、そこにはもういなかった。

あの、青い木々の中の向こうの方へ戻っていったのだろうか。

「今、残りの子たちをくっつけてくれたの。誕生日だもん、今日、弟の。約束だったんだもの。今度、青い花模様のと、僕の分の紅い渦巻のも作ってくれるって」

男の子たちはもう少しそこにいると言うので私は一人で出ることにした。

ドアの手前で、水色の瓶があるのに気が付いた。入ってきた時には気が付かなかったけれど。

めりさんの所のよりも少し小さめの水瓶で少しグリーンがかった水色をしていた。中はシーンとしている。それはそうだよね、だってここにいる子たち、皆まだ小さいのだもの。年月が足りない。きっとこれからあの子たちが大きくなっていくにつれて、瓶の中の水も広がって大きくなっていくのだ。その時、
ポチャン。

音がして、水面にいくつかの小さな波紋ができた。中にもう何かがいそうな感じがする。そうだ、小さな子たちだから瓶の中も小さい、ということはないのだ。

子どもは心が柔らかく好奇心が旺盛で、たくさんのことを学び吸収する。だから水も深くなり広がる具合が早いのだ、きっと。

これからぐんぐん大きくなる、この水瓶の中も。

波紋が落ち着いたので、中を見ようとした。水面に映る自分の姿が見える、いえそうではない、人だ、小さな子、小学生くらいの。

その子は水面にというよりももっと奥にいる、そんな感じがした。男の子だ。よくわからないけれど見たことがあるような、誰だったかな。

「あ！」

その子の口が少し開きかけ、こちらを見て言う。

私は静かに聞いている。

「あっ！　これ、僕のだよ」

部屋の中で綿あめの兄の声がする。

「このおいしそうなおこげの一個ください」

前に座った小さな男の子が言った。

「うーん、しかたがないなあ、はい、一個ね」

「ありがと」

あの綿あめの兄弟や他の子たちのわやわや楽しそうな声。

水瓶の男の子は？　と見ると、もうそこにはいなくなっていて、波紋の残った水面だけだった。

でも、少し深くなっている気がする。先ほどより青みが濃いもの。

楽しそうにしている子たちを一瞬振り向いて、私は前に直りドアを開け、外へ出ようと

した。すると、
「ぼうっと歩いていると誘い込まれるので気を付けてください」
綿あめの兄の方が言った。
『誘い込まれる？　何に、どこへ』
いたずらな目をしている。
「道草って楽しいよね、でもそろそろ行かないと、待ってるのでしょ」
ニコニコして言った。
『あ、そうだった。どうして知っているの？　でもその笑顔、面白がっているんだね』
なんだか少し負けたような気がして、私は元に向き直り、一歩外へ出る。
風が吹く。音をたて私を吹きすぎていく。
見上げると青い空。
雲が流され遠くにある。

向こうの木々のあいだから誰かが来る、めりさんだ。
「ああ、やはりここにいたのね。今頃はこの辺りかな、と思ったの。甘い香りの休憩所。

ここいいわよね、私大好きよ、こういうの、って思いながら歩いてきたの。あと少しで着くわね。あそこの細い道を行くと崖の突き出た所があって、岩に手をやり支えながら進んでいってね。ここの山の遠くまで見えるの。ずっと以前よく三人で見に行ったわ。あなたの目を見ていると何だか思い出すの」

めりさんは少し遠い目になった。そして、

「私は今日の夕方からの準備があるの。本当はもう少しあとだったのだけれど数日早くなったのよ。これからここでいろいろ作らないと。また後からね」

そう言って土産物とお菓子の家へ入っていった。

私は木々の少し陰った青い道の方へ行く。

ホゥッ、ホゥッ。

最初のあの高い崖、それに連なる山々にこんな所はあったかしら、いえ、こうしてあるのだもの、あったのよね。

たぶん気づかなかっただけで。

ここは迷い道。

一人で歩くと、いろいろな場面に遭い、いろいろなことを考える。

「少し脇道それて迷いたい人はこちらへどうぞ」

なんだかおかしな立札が立っている。そして小さな木の板で矢印が作ってあり、あちらこちらに向いている。

『少し脇道それて迷いたい人はこちらへどうぞ』

これでは余計にわからなくなってしまうではないか。看板って道案内のはずなのに。でも、面白いね、真っすぐよりも入り曲がっていて、そちらへ行く方がいいのではないかしらと、思ってしまう。そうすると何か風変わりなことに出会えるかもしれない。

脇道の木々の葉で覆われた青い色の方へ進んでみる。

ホゥッ、ホゥッ。

フクロウの声がする。夜行性のはずなのに。ここは少し陰っているから、まるで夜のようで目が覚めてしまったのかしら。

ガサッ、前の方を誰かが通り過ぎる。

あのホテルの子ともう一人、その子はきゅうりを手に持っている。

二人とも黄色の帽子をかぶっている。届いたのね、黄色の帽子。うれしそうだ、とってもよくにあうよ、よかったね。

「早く行かないと。始まっちゃうよ。今日まなびやがお休みでよかったよ。僕たちまだ少し早いんだものね。やんなっちゃうね。早く行きたいな。でもね、小さい子たちの校舎も作るんだって。楽しみだね」

「うん！」

と、きゅうりの子。微笑み合う二人。

ガサッ、ガサッ。

前方少し左横の方で音がするので見ると、あの綿あめの兄弟たちがいる。いつの間に来たのかしら、つい先ほどまでお菓子の家で皆と楽しそうに食べていたのに。

彼らは何か一所懸命立てている、矢印だ。

「うんっと、こんなもんかな。えぃっとこちらにも、よいしょっ、よいしょっ」

別々の方向を示す矢印。あちらこちらに向けて立てている。弟の方もいたずらっぽい目で。

先ほどの矢印、やはりこの子たちがやったのね、何やっているの、って聞くまでもない、

「少し脇道それて迷いたい人はこちらへどうぞ」

迷わせたいんだね。

「さて、と」

行こう、早く早く、っと四人は駆けていった。

急な斜面なのになんて速いの。

後に残った、あちこち向いたたくさんの矢印、ぽつんと私。

「ほんとにしょうがないの」

木のあいだから、枝葉に遮られながらも光が入ってくる。それはとても美しい。

見上げながらくるっと辺りを見回すと、ふと、

「あ、あれ？」

なんだか自分の位置がよくわからなくなってしまった。

私はいつもそうなのだ。周りの雰囲気や景色に気をとられていると、どちらへ行けばいいのかわからなくなってしまう。二度角を曲がるともうわからなくなってしまうこともある。

「どうしよう」

しかも道の方向を示すはずの矢印は、あちらこちらを向いていて全然あてにならない。

「道」

以前、女性の先生のおられる病院を探していた時に、教えていただいた地図を見ながら行っても、全然たどり着くことができなかったことがあった。進めるかと思うと行き止まり。道も変わった曲がり方や入り組み方をしていて、くるくるくるくる同じ所を回ってしまい、行き着くことができない。一本右の道、前方に小さな店があったので、あそこで聞いてみようと思い、中へ入った。寒い、今にも雪の降り出しそうな日だった。店内はとても暖かく、凍った自分が溶けるようだった。

「あの……」

入り口の所にいた女性店員二人のうちの一人がこちらを向いてくれた。

「この辺りに病院があると聞いてきたのですが、どう行けばよいのでしょうか」

すると、その人は私の方をじっと見て、

「ずっと迷っていられたのですか」

気の毒そうに言われた。

「あ、いえ、はい、三十分くらい」
五、六人ほどいた店内のお客がわらわらわらと寄ってきた。皆が口々に、
「あそこの小学校の前の道を」

「信号の所を入って」

「いえそれではわかりにくい、ここのすぐ横の」

「いや、このすぐ後ろのレンタル倉庫の所からが」

「それじゃいかん、遠回りだ。そこの道を行くのが一番わかりやすいんだ」

農作業の格好をした七十歳くらいの男の人が一番大きな声で説明してくれた。

「車で来ているから乗せていってあげよう」

と言ってくれたのだけれど、

「ありがとうございます。でも私、道を覚えたいんです」

そうか！　と、その人は大きな声で一所懸命に教えてくれた。

他の方たちは、その男の人の声の大きさと勢いに、皆笑いながらも黙った。

きちんとお聞きして『なんとかなりそうだ』と思い、その農作業の方と、他の方たちにもお礼を言い、そこを出て、言われたようにてくてくと歩いていった。

少し行き、ここを曲がるのかな？　それは川沿いの道だった。ふと反対側の木や空が、「わあ、綺麗」

と見惚れて、一歩近づこうとした。すると後ろから、

「違う！　そこじゃない！　そっちへ行ってはだめだ、遠のく。こっちこっち、反対側の方だ！　そちらへ行きなさい！」

あの農作業の方が軽トラックでやってきて、大きな手振りで教えながら走り去っていった。

「ありがとうございます！」と私。

そして無事に行き着くことができた。

「三人の幼なじみ」

『そうだ、きっと明るい方へ向かえばよいのだ、少しでも明るくなっている方へ進もう』と辺りを見ていると、前方に明るくなっているらしき所があった。そちらの方へ向かって行こうとしていると、

『こちらだよ』

そんなふうに聞こえてきた。耳にではない。心に直接響いてきた感じだ。

だから少し角度をずらして、言われた方向へ進んでいくことにした。

分度器のような細かいメモリの物でも、最初にほんのわずか一メモリでもずれれば、進んでいくうちに少しずつどんどん差が広がり、大きく違ってきて全く別の所に到達する。そういうものだろう『道』って。だから最初の時点できちんと選ぶことが大事なのだ。けれどももし間違えたとしても、また、正しい方向に向かえばよいのだ。

進んでいくと、向こうの方が明るくなってきた。そして、光の中に抜けた。

前方に広がる山の上の方のその景色。

一体どうなっているのかとは思わなくて、崖あり谷あり、川、棚田、いろいろなものがあり、楽しく遊べる、ここはそういう土地なのだ。

「面白いの」

崖に手をやり支えながら進んでね、とめりさんが言っていた。

「ここだ」

すぐ前の崖を手でとまりながら行く。下は人一人少し斜めになってやっと進めるくらいの細い道。

でも大丈夫、私は十分に行ける。

一歩ずつ進んでいくと前の方に、岩の突き出た見晴らしのよさそうなスペースがあり、そこにあの、最初に道を教えてくれた空色の服の人、空人さん、がいた。

私に気が付くと、

「やあ、来たね」

と言うみたいに微笑んだ。

「大変だったでしょう、ここまで来るのに。高い山が連なっていて、途中もつい寄り道したくなってしまうものがいくつもあって、なかなか行き着くことができない。でもまあ、君は負けなさそうだし、大丈夫かな」

と少し笑いながら、

「最初からすぐにわかったよ。紹介状は後から届いたのだけれど、『あ、やはりそうだった』と思った。ずっと以前に病院から一度、手紙をもらったんだよ、ゆきじ君からね。『結婚して女の子が生まれた、自分にそっくりな子だ。結婚相手とその子と三人でそのうちに帰る。良い子なんだ。まだ小さいのに、一緒に自分も学校を作るって言っている。とても楽しみだ』って。めりさんにも出すと書いてあったけれど、彼はそのままになってしまったのだね。めりさん、彼女にはまだ言っていないんだ。言えなくてね。でもこれから言うよ」

「はい。一緒に来られたらよかったのですけれど。けれど、話はいつもしてくれていて、どんな所だろうとずっと思っていました。自分を含む幼なじみ三人のことも、一緒にいる様子を思い浮かべながら話を聞いていました。楽しそうだな、って……。でも、『今はまだやらなければならないことがある』と言っていました。当時赴任していた高等学校で『働きながら学ぶ人のためになりたい、そのための基盤をもっときちんと作りたい』って」

そうか、と空人さんはうなずいた。

「そんなふうにやっていたのだね。それで、その顔は、会えたの、なんて言っていたの」

「先ほどお菓子の家の水瓶の所で『自分の望むことを自分の好きなように進みなさい』って」

あの時、水瓶の中にいた子はどこかで見たことがあると思った。それはそのはず、押し入れ深くにしまってあった古いアルバムの中の写真、小さな頃の父だった。


空人さんは、体を少し奥まった所によけて道をあけた。

「ここからは細い一本道だ。一人ずつしか通れない。ここへようこそ。来てくれてとてもうれしいよ。皆が待っている。三人でこの場所へよく来たんだ。この全体が見渡せる場所。僕はもう少しここにいてから上へ行くよ」

そう言い、遠くに目をやると、その山々の景色全体を広く眺めた。

ありがとうございます、と私。

そこを過ぎると切り立った崖があり、谷間に手作業で作られた細い道ができていた。

「岩肌の作業の二人」

心地よい風が吹いてきて岩間の草や小さな花が揺れる。

前方に何かが動いたので見ると、草のかたまりのような、

「動物、熊?」

岩や草のあいだから頭が見えた。上の方の両側の髪がくるんと丸く巻いて白い耳のようになっている、めりさんの所に来ていた水瓶修理の人だ。もう一人いる。大柄な木こりのような、あのホテルの男の子の父親だ。

『あ、違った、熊ではない、人だ』

「うーん、あそこの橋はもう一編みして足して強度を増した方がいいかな」

と、水瓶修理の人。

「うん、そうだね。ああそうそう、良いツルを見つけたのだった。持ってきたんですよ。これならば大丈夫だ。種類の違う物も編み込もうと思う。その方が強度も高まりいいかなと。編むのは僕の方でやります。近隣の者たちも一緒にやると言っています。僕の周りに

いる人たちはこういうのが皆得意なんだ」

　そう言って木こりのような人は、左横の大きなポケットから植物のツルを出した。

「うーん、これは良い物だ。強くて柔軟、丈夫そうだ。よく見つけたね。なかなか僕の家の方にはない。これは森の奥の方のかな。あそこの辺の物は質が良いんだ。行くまで少し道が困難だけれど」

「大丈夫さ。僕の一族は祖父のもっと前の代から森で暮らしているんだよ。何をどうすればどう行けばよいのか、ちゃんとわかっているんだ。そこで暮らしていくための知恵を受け継いだ。親父は大した人だったんだ。子どもの頃からずっとあんなふうになりたいと思って、付いて見てやってきたんだ」

「うん、そうだったね。君のところは強い一族だ」

　その言われた方の木こりのような人の誇らしげな様子が離れていてもわかる。

　こちらからは見えるけれど、岩が突き出ていて草もあり、向こうからは私がよく見えないだろう。いることに気が付いていないようだった。風が私の方に流れてくるのでそれに乗るように話し声は聞こえてくるのだった。水瓶修理の人が、

「ああそうそう、来る時に途中で買ったのだけれど、『雑穀おにぎりとお水、たたき煎餅』、

それにおまけでほうれん草のお浸しとウズラの卵も付けてくれたのだった。二人分だよ。後から一緒に食べようと思ってね」

「ありがとう。おいしそうだね。あそこの食べ物は好きだ。温かくておいしい。皆一所懸命にやっているね、子どもたちも」

と木こりのような人。

「皆でやるのさ。協力し合ってなんでもね。そうしてたくさんのいろいろな種類の力が入った方が良い物ができるし、楽しいんだ」

より良き物にしよう、皆が良くなるようにと、二人の会話はだんだん熱が入っていった。

私も、二人のように、

いえ、その他の人たちもそうだ。

皆が皆のために頑張り、

そして楽しく暮らしている。

彼らのように、

誇り高く生きていきたい。

それはなんて素晴らしい事。

私もそんなふうに、
誇り高く生きていきたい。

「岩肌の作業の二人」

「上る」

ふと見ると隣の山はもう少し登りやすい形だった。そこからこちらに向かって吊り橋ができかかっている。別の山からもそうだ。

『どこからでもどこへでもすぐに行けるように』

とあの木こりのような人が言っていた。あと少しでそうなるのだ。なんて素敵なこと。

私はそこをそっと離れた。木の根の出た所や崖につかまりながら細い岩の道を登っていく。今いるこの道も細い所はあるけれど、そんなに難しいものではない。きっとあの先ほどの二人のような人たちが作っていったのだろう。この自然の岩を生かした手作りの山道を。

『皆で総出になるな』

と言っていた。その時には私も加わってやるのだ。それはなんて楽しそうなこと。

少し登ると、平らになっていて休憩できるような所があった。

とても見晴らしが良く、岩が椅子のような形で、そこには足元に土もあり、

「あ、もへじさん」

土の盛り上がっている所にあの「棒付きのもへじさん」が刺してある。もへじさんは気持ちよさそうにしていたけれど、少し困ってもいる様子だった。置いていったのかな、あの子たち、と思っていると、

「お土産の荷物で持つの大変だからって。『後から来る』って言ってたんだけどな」

私が、

「上まで行く？」

と聞くと『え、そうしてくれる？』と言うみたいに片目を開けた。私はもへじさんを棒にくっつけたまま持って上がることにした。

「上の花壇とかそんなふうな、ううんもっと良い場所、に置いてあげる」

うれしそうにした。

いい風が吹いてきた。もへじさんも気持ちよさそうだ。

ふと、もへじさんを棒付きのまま胸ポケットに入れ、リュックから地図を取り出して見た。すると、地図は縦に上に長く長く伸びていて、そして、縦だけではなく横にも広がっていて大きくなっている。行先はもうぼやけたりにじんだりしてない。鮮明になり、上へ

伸びている。もしかして、
「完成に近づいているのだろうか。いえそうではないよね。完成はなくて、きっとそこから先がある。どこまでも『良く』するのだ。皆が幸せになるように」

もうここまでかな、と思うと、
いえそんなことはなく、
そこからさらに先があり、
もっと先へ前へ続いている。
だからそちらの方へ向かっていく。
どこまでも高く先を目指す。
それが大事なのだ。
物事ってそういうふう。

地図の上の方の折りたたんだ所を開いて伸ばすと、
『真っすぐに上がる。頂上はもうすぐそこ。ほらね、大したことなかったでしょう。そしてさらに先へ進もう』

と注釈と上へと矢印があり、山の上の景色が描かれている。そしてさらに向こうへ続いている。

どこまでも、どこまでも、
それはとても楽しみなこと。

私はいったん、地図を元の通りたたんでリュックにしまった。

上の方の岩のあいだに生えている草が揺れている。

あと少しで頂上だ。

ふと考える。

あの綿あめ作りの兄弟や、ホテルの男の子、まなびややお菓子横丁の子どもたち、めりさんやホテルの人のようなたくさんの大人たち、それだけではなくて、水の向こうからやってくる兄妹や、きゅうりの好きな川の近くの相撲好きの口の少し尖った子、まだまだたくさん。

ここは、いろいろな人たちがいて、他所からもやってくるんだね。皆が集まってくる。

風変わりなことが起きるけれど、それがとても自然で普通なこと。そういう所。とても素敵。

なんとも言えないうれしい気持ちでいると、あと数段という所に来た。頂上の平らな部分がすぐ上の方に見える。そして、

「着いた」

そこは広い所。目の前に広がる草原の向こうの方に白い学校があり、新しく白く輝いている。後ろの山々はどこまでも青く連なっている。

向こうの方からバラバラと人が、五、六人ほどの先生と生徒や小さな子どもたち、手伝いの父母など、たくさん来た。その中の一人の先生が、

「遅かったですね。待っていたんですよ。どうされたのかと思って……あっ！」

私を見て驚いている。

「どうしたのですか。なぜ泣いているのですか。何かあったのですか。大丈夫ですか」

皆が心配そうに見ている。

私は、

私はいつの間にか泣いていた。
頂上へ到達して、棒付きもへじさんを持ったまま、立って泣いていた。
だって、だって、空が青くて、後ろの山々、新品の校舎、それがあまりにも美しくて。
綺麗すぎるのだもの。
ここを素晴らしい所にするのだ。
今でも綺麗だけれど、もっともっと良い所に皆でするのだ。
なんて素敵。
なんて素晴らしい。
白く青く美しい、この、

「空の学校」

著者プロフィール

高科 幸子（たかしな ゆきこ）

愛知県出身・在住　O型　やぎ座　家族４人。
好きなもの・こと：自然なもの、不思議な自然現象、ものごとの観察、創意工夫、美術全般、民族音楽鑑賞、鉱物・化石、変わったもの集め
〈著書〉『風の吹く日に』（2010年１月、東京図書出版会）
『遠い日の詩（うた）』（2011年10月、文芸社）
『本当に大切なのは愛すること』（2013年８月、日本文学館）
『絵のない大人の絵本』（2014年６月、日本文学館）
『真昼の夢・青いネモフィラ』（2015年12月、文芸社）
『猫の回覧板』（2016年８月、文芸社）
『天（てん）の河（かわ）』（2017年２月、文芸社）
『水（みず）の郷（さと）』（2018年７月、文芸社）
『朱い鳥居』（2019年８月、文芸社）
『スーパームーンの夜に』（2020年６月、文芸社）
『真夏の夜の夢』（2022年２月、文芸社）

空の学校

2023年９月15日　初版第１刷発行

著　者　高科 幸子
発行者　瓜谷 綱延
発行所　株式会社文芸社
〒160-0022　東京都新宿区新宿1－10－1
電話　03-5369-3060（代表）
03-5369-2299（販売）

印刷所　株式会社フクイン

ISBN978-4-286-24457-0